해방자들

김남중 장편소설

창비

차 례

인생 불합격

학교에서 집으로 돌아가려면 다압 시내를 가로질러야 했다. 지니가 교복을 입고 걸어가자 여기저기서 휘파람 소리가 들렸다.

"예쁜이! 오빠랑 놀다 가!"

"돈 필요하지 않아, 아가씨?"

골목 어귀에서 어슬렁대는 남자들이었다. 활짝 웃으며 손짓을 하지만 태워 버릴 하루치 풀값을 위해서라면 모르는 사람의 목이라도 꺾을 것이다. 손으로 말아 피우는 잎담배 연기에 섞여 비릿한 대마 냄새가 흘러나왔다. 냄새가 나는 것은 차라리 덜 위험했다. 골목 깊은 곳에서는 냄새 없는 합성 마약이 은밀히 오갔다. 지니는 이를 악물고 앞만 보며 걸었다.

다압 시가지는 미로였다. 무너져 가는 무허가 건물들 사이로 어둑한 골목길이 모세 혈관처럼 이어졌다. 골목 깊이 들어가면 이끼로 얼룩진 길바닥 곳곳에 거대한 민달팽이들이 나뒹굴었다. 망막이 약해져 한낮의 자외선을 견디지 못하기에 밤에만 골목 밖으로 기어 나오는 술주정뱅이와 마약 중독자들이었다.

싸구려 화장품 냄새와 곰팡이 냄새가 뒤섞인 다른 골목에서는 속옷을 드러낸 여자들이 손님을 기다렸다. 여자들은 가면처럼 화장을 하고 담배를 피우다가 신참이 자기 구역을 침범하면 바로 응징에 들어갔다. 머리칼이 뭉텅이로 뽑히거나 손가락이 씹히고 싶지 않다면 남자들도 그곳에서 허세를 부리면 안 될 터였다.

해가 지면 밤안개처럼 밀려 나왔다가 동이 트면 다시 골목 깊이 스미는 사람들. 다압의 일상은 밀물과 썰물처럼 규칙적이었다.

시내를 거의 빠져나갔을 때쯤 등 뒤에서 달려오는 발소리가 들렸다.

"같이 가!"

지니는 돌아보지 않았다. 학교가 끝나면 투는 늘 지니를 따라와 삼십 분을 함께 걸었다.

"모의시험 결과가 나왔어."

투가 자랑스럽게 성적표를 흔들었다.

투는 지니의 학교 일 년 선배였다. 둘은 취업 이주를 목표로 하는 제8 직업 전수 학교에 다녔다. 전공이 달라 사 년 동안 교실에서 마주칠 일이 없었는데도 투는 지니를 눈여겨보고 있었다.

"장난치는 거 아니다. 나 정말로 진지해."

몇 달 전, 처음 말을 걸면서 투는 손을 떨었다. 그러거나 말거나 지니는 신경 쓰지 않았다.

지니는 엄마 타마미처럼 살고 싶지 않았다. 수십 번 사랑하고 그만큼 배신당했으면서 아직도 고치지 못한 만성 애정 결핍증은 차라리 병이었다. 손이 빠른 타마미는 생선 할복장에서 십 년을 넘게 일했다. 일이 끝나면 밀조된 싸구려 희석주를 마셨다. 술을 사 줄 남자가 있을 때는 밖에서 마셨고, 아니면 얻어 온 생선 내장을 끓여 혼자 집에서 마셨다. 술기운이 돌면 타마미는 신세 한탄을 했다. 떠나간 남자들과의 추억담을 되풀이했고 곧 다압을 떠날 지니를 부러워하고 저주했다. 지니는 혼자 힘으로 딸을 이만큼 키웠다는 엄마의 넋두리를 인정하지만 그렇게 살고 싶지는 않았다.

투가 처음 다가왔을 때 지니는 한 남자를 떠올렸다. 배 속에 자식을 품은 아내를 뿌리치고 새로운 여자를 따라갔다는 아버지. 지니에게 남자란 집 나온 아버지, 또는 장차 집 나갈 남편일 뿐이었다.

'다 똑같아……'

눈치 빠른 투는 지니가 화를 낼 만큼 가까이 오지 않았고 제풀에 지쳐 떨어지지도 않았다. 한 발짝 정도 떨어져 걸으며 날마다 이런저런 이야기를 꺼낼 뿐이었다.

투는 자신이 렌막에 가게 될 거라고 믿었다. 지니와 함께 걷는 삼십 분 말고는 모든 시간을 기술 자격시험 준비에 쏟기 때문이었다. 모의시험 성적도 늘 안정권이었다.

"렌막에서는 영주권자한테 집을 한 채씩 준대."

주방과 욕실과 침실이 따로 있는 집, 냉난방이 되고 언제나 뜨거운 물이 나오는 집이라고 했다.

"우리 과 선배님이 보내 준 사진 볼래?"

지니가 자기도 모르게 투를 바라본 순간이었다.

쾅!

뒤쪽에서 묵직한 진동이 전해졌다. 지니는 지나온 길을 돌아보았다. 방금 전까지 보이지 않았던 낯선 것이 십여 미터 뒤에 놓여 있었다.

지구를 통째로 안으려는 듯 팔다리를 벌린 채 엎드린 여자였다. 어색한 각도로 꺾인 목, 깨진 두개골에서 거침없이 흘러나오는 핏줄기, 날카롭게 부러져 무릎을 찢고 나온 정강이뼈가 아니었다면 술에 취해 널브러진 사람처럼 보였을 것이다. 사람과 개와 비둘기들이 서로 다른 것을 기대하며 차츰 몰려들었다. 절반이 뭉개진 여자 머리 주위에 검붉은 피가 고이더니 긴 머리카락을 물풀처럼 흠뻑 적셨다.

자살자를 보는 게 드문 일이 아니어서 지니는 그다지 놀라지 않았다. 단지 소금쟁이를 떠올렸을 뿐이다. 평생 물속을 동경하지만 절대 그 안으로 들어갈 수 없는 짝사랑. 여자는 스스로 만든 피의

연못에 팔다리를 벌린 거대한 소금쟁이였다.

지니는 여자의 결정을 이해할 수 있었다. 다압을 저주했을 것이다. 미치도록 몸부림을 쳐도 떠날 수 없었을 것이다. 이곳에서는 하루하루 나이를 먹는 것 말고는 확실한 것이 없었다. 일하고 싶어도 일자리가 없고 먹을 때보다 굶을 때가 잦았다. 출생률이 높고 평균 수명이 짧아 곳곳에 빈둥대는 젊은이들이 상처 입은 들개처럼 서로를 물어뜯으며 하루하루를 소모했다. 다압에서 아름다운 것은 언젠가 이곳을 떠나리라는 희망, 렌막에 가서 사람답게 살아 보겠다는 꿈뿐이었다. 지니는 하루에도 몇 번씩 기도처럼 다짐했다.

'내년에 여길 떠나지 못하면 차라리 죽어 버릴 거야.'

저 여자는 어느 순간 그 꿈을 잃었을 것이다. 결말이 빤히 보이는 삶에 시작부터 지쳤을 것이다. 여자는 스스로 선택할 수 있는 단 한 가지 방법으로 자기 운명을 결정했다. 오래전에 파산한 시청 건물의 15층 옥상을 향해 한 발짝씩 계단을 오르며 여자가 짊어졌을 외로움의 무게를 지니는 짐작할 수 있었다.

사람들이 몰려와 죽은 여자를 막대기로 뒤집었다. 지니는 뭉개진 여자의 얼굴에서 언뜻 미소를 본 것 같았다. 마지막 시험을 끝낸 사람만이 지을 수 있는 미소였다.

투가 돌아서며 말했다.

"내 아이는 절대 다압에서 살게 하지 않을 거야."

투의 눈에는 절망이 불러온 결의가 보였다. 불안했던 지니의 마음 한구석에 반짝 불이 켜졌다. 둘은 말없이 거리를 걷다가 헤어졌다. 지니는 처음으로 투의 뒷모습을 바라보았다. 왠지 조금 더 같이 걷고 싶었다.

다음 날부터 지니는 투에게 대답하기 시작했다. 투는 지니의 짧은 대답에도 기뻐했다. 이야기를 할수록 서로 말이 통했다.

투가 말했다.

"너라면 내 마음을 알아줄 것 같았어."

투를 이끈 건 느낌이었지만 지니를 이끈 건 믿음이었다. 일단 마음을 열자 지니는 깜짝 놀랐다. 그동안 누군가에게 하고 싶은 말이 이렇게 많았을까. 함께 걷는 삼십 분이 어떻게 가는지 모를 정도였다. 헤어지기 아쉬웠지만 투는 힘겨워하면서도 시간을 지켰다.

"합격한 다음에 오래 만나자."

투의 전공은 배관이었고 지니의 전공은 보육이었다. 오 년 동안 직업 교육을 받고 마지막 학기에 기술 자격시험에 합격하면 바다 건너 렌막으로 가게 된다. 기술 자격시험의 평균 경쟁률은 6대 1로 만만치 않았지만, 인생을 걸 만한 가치가 있었다. 그래서 많은 부모들이 빚을 내어서라도 자식을 전수 학교에 보냈다.

렌막에 가면 의식주와 의료 보험이 제공된다. 삼십 년을 일한 뒤에는 영주권 심사를 신청할 수 있다. 영주권을 얻으면 죽을 때까지 렌막에서 살 수 있다. 다압의 수많은 청소년이 꿈꾸는 미래였다.

이제 지니에겐 투와 함께 걷는 삼십 분을 위해 나머지 하루가 존재했다. 첫사랑은 폭풍처럼 오지만 드물게는 안개처럼 오기도 했다. 지니는 서로를 바라보며 폭주하는 기쁨보다는 같은 곳을 바라보며 천천히 걷는 안정감이 좋았다.

삼 개월 뒤 투는 지니를 언덕 위 빈집으로 데려갔다. 둘은 2층 난간에 나란히 앉아 항구를 바라보았다. 다압에서도 멀리 있는 것은 아름답게 보였다.

합격 통지서를 내밀며 투가 말했다.

"사랑해. 우리 렌막에서 같이 살자."

투의 눈동자가 점점 커다랗게 다가오자 지니는 자기도 모르게 눈을 감았다. 무슨 일이 일어날 것인지 머리가 깨닫기도 전에 심장이 먼저 뛰었다. 꾹 다물고 있는 지니의 입술에 뜨거운 투의 입술이 닿았다. 한 번, 두 번, 노크라도 하듯 거듭 닿았다. 지니는 남자에게 이렇게 부드러운 부분이 있을 거라고는 생각하지 못했다. 지니의 입술에서 자기도 모르게 힘이 빠졌다. 지니의 입술이었지만 지니의 뜻대로 움직이지 않았다. 말을 걸어오는 듯한 투의 입술에게 지니의 입술은 깊은 곳에서 나오는 달콤한 대답을 들려주었다. 온몸의 감각이 입술로 모인 듯 지니는 눈앞이 캄캄해졌다.

첫 키스는 평생 단 한 번 일어나는 마법이었다. 지니와 투는 그 마법의 힘으로 둘의 사랑이 영원하리라 믿었다.

두 달 뒤, 투는 약속의 증표로 지니에게 유리알 반지를 끼워 주고 렌막으로 떠났다. 날카로운 아픔을 견디며 지니는 기술 자격시험에 매달려야 했다.

투는 꾸준히 편지를 보냈다. 처음에는 일주일에 두세 통이 날아왔지만 곧 보름에 한 통으로 횟수가 정해졌다. 렌막에 적응하느라 바쁘기도 하고 지니의 시험 준비를 방해하고 싶지도 않다고 투는 편지에 적었다. 사람은 많고 기회는 한 번뿐이다. 투는 그 기회를 잡았다. 이제 지니의 차례였다.

단짝 친구 코라가 지니를 학교 옥상으로 데려갔다.
"얼굴이 보름달이다. 잠 못 잤어?"
"오빠한테 편지가 안 와."
시험이 끝나 매달릴 게 없어지자 지니는 악몽에 시달렸다. 투의 편지 때문이었다. 지니를 향한 그리움으로 두툼하게 채워졌던 편지는 시간이 갈수록 상투적인 안부와 충고, 감정 없는 일상의 소식으로 짧고 얇아졌다. 애타는 지니의 답장에도 투의 문장은 냉랭하기만 했다. 최근에는 그런 편지마저 끊어졌다.
코라가 지니를 달랬다.
"기운 내. 렌막에만 가면 다 해결되잖아."
보름 전에 치른 기술 자격시험 결과가 곧 발표된다. 지니는 듣기 시험 마지막 문제가 마음에 걸렸다. 서로 다른 세 아기의 울음소리를 듣고 각각 필요한 조치를 선택하는 문제였다. 지니는 분유, 목욕, 새 기저귀를 골랐다. 시험이 끝나자 뜻밖에 두 번째 항목에서 목욕 대신 낮잠을 선택한 학생들이 많다는 걸 알게 되었다. 셋 다 분유라고 적은 코라는 속 편하게 떨어질 각오를 하고 있었다.

"난 엄마랑 국수나 팔아야겠다."

코라 엄마는 위험한 밤거리 노점에서 이십 년이 넘게 국수를 팔고 있었다. 그래서 코라는 엄마에게 이런저런 뒷골목 이야기를 전해 듣곤 했다. 지니가 슬쩍 떠봤다.

"렌막 가는 배를 타려면 얼마나 들까?"

코라가 노려보자 지니가 말끝을 숨겼다.

"그냥 궁금해서……."

"밀입국은 꿈도 꾸지 마. 빚내서 배 타 봐야 렌막 해안 경비대한 테 다 잡힌댔어. 강제 송환되면 감옥! 나오면 빚더미!"

"렌막 못 가면 어차피 내 인생도 끝이야!"

코라가 지니의 손을 잡아끌었다.

"넌 붙을 거니까 걱정하지 마. 가자. 점심시간 끝났어."

어느새 학교가 공동묘지처럼 조용했다.

렌막의 수도 렌막시티에 사는 소우는 어릴 적부터 겁이 많았다. 열여덟 살이 된 지금도 날카롭거나 뾰족한 것을 보면 손끝이 떨렸다. 가장 끔찍한 것은 주사였다. 어릴 적에는 주삿바늘에 찔리기도 전에 알코올 솜이 엉덩이에 닿자마자 기절한 적도 있었다.

소우가 학교에 들어가면서 문제는 더 심각해졌다. 렌막에 거주하는 사람이라면 누구나 일 년에 한 번씩 의무 검진을 받아야 했기 때문이다. 의무 검진에는 복합 예방 접종 주사가 언제나 포함되어 있었다.

초등학교 육 년 동안 소우는 의무 검진을 앞두고 열이 오르지 않은 적이 없었다. 손수건을 뭉쳐 속옷 안에 집어넣은 적도 있었다. 1학년 때처럼 주사를 맞다 오줌을 지려서 놀림감이 되고 싶지 않아서였다. 단짝 친구 킴이 없었다면 분명 그렇게 되었을 것이다.

소우와 같은 날, 같은 의료원에서 태어난 킴은 다부진 체구만큼 힘과 투지가 넘치는 여자애였다. 킴은 소우를 놀리는 아이들에게 거침없이 주먹을 날렸다. 수호천사 같은 킴이 있기에 아이들도 더는 소우를 놀리지 못했다.

중등학교에 입학한 소우는 드디어 주사를 피하는 방법을 찾아냈다. 일단 소우는 기초 검사만 마치고 교실로 가서 마지막 안내 방송을 기다렸다.

"혈액 채취 및 복합 예방 접종을 미실시한 학생이 있습니다. 빨리 버스로 와 주세요."

그러면 반장인 킴이 소우를 데리고 버스로 갔다. 검사받는 학생이 많아 검진장인 대형 버스는 늘 북적댔다. 킴은 자신이 소우인 척 오른팔을 다쳤다며 왼팔을 내밀었고, 짜증 난 의료팀은 서둘러 혈액 채취와 예방 접종을 마쳤다. 교실로 돌아온 뒤 소우의 팔에 소독용 밴드가 붙어 있지 않은 것을 눈여겨보는 사람은 없었다.

소우의 의무 검진 결과는 늘 정상이었다. 몇몇 검사 지표가 킴과 동일했지만 누구도 그 사실을 눈치채지 못했다. 오랫동안 지켜 온 둘만의 비밀이었다.

수요일 오후는 팀 스포츠 시간이었다. 축구, 농구, 야구, 배구, 럭비 가운데 소우는 농구를 선택했다. 여러 농구팀 가운데 남자 넷, 여자 넷으로 구성된 혼성팀에 들어갔는데 작년까지 권투부로 활동했던 킴이 주장이었다. 권투로 청소년 시 대표까지 했던 킴은 지난봄 권투를 그만두고 수영을 시작했고 농구팀도 만들었다. 운동 신경이 둔한 소우를 농구팀에 뽑아 준 것도 주장인 킴이었다.

점심시간이 끝나 갈 무렵, 다들 체육복으로 갈아입느라 교실이 소란스러웠다. 탈의실로 가는 사람은 거의 없었다. 소우는 킴의 검은색 스포츠 브라를 코앞에서 보고 얼굴이 빨개졌다.

"뭐 해? 빨리 가서 몸 풀어야지!"

옷을 갈아입던 킴이 옆자리에 멍하게 앉아 있는 소우의 팔을 잡아당겼다. 바지라도 벗길 기세였다. 소우는 자기도 모르게 비명을 지르며 아랫배를 감싸 안았다. 킴이 고개를 갸웃거렸다.

"배 아프냐? 화장실 가야 되나?"

"그런 거 아니야."

"아프면 안 되는데. 오늘부터 토너먼트라고!"

"먼저 가. 금방 따라갈게."

교실이 텅 비자 소우가 옷을 갈아입었다. 얇은 운동복을 입으니 다리 사이가 유난히 불룩했다. 요즘 들어 자주 배뇨기가 팽창하고 있다. 소우는 주저앉아 책상에 얼굴을 묻었다.

"뭐 해? 주장이 빨리 오래."

같은 농구팀 후보인 쿠니리가 교실 문을 열고 소리쳤다. 자기도 모르게 벌떡 일어나다가 소우는 책상 모서리에 배뇨기를 부딪쳤다. 눈앞에 번개가 쳤고 숨도 쉴 수 없었다. 내장 전체가 배뇨기를 축으로 돌돌 감기는 것 같았다.

당황한 쿠니리가 소우를 부축했지만 통증은 좀처럼 사라지지 않았다.

"왜 이렇게 꾸물대! 늦으면 기권패 몰라?"

둘을 찾아 교실로 달려온 킴이 고래고래 소리를 질렀다. 주장에게 야단을 맞은 쿠니리가 체육관으로 달려가며 투덜거렸다. 소우는 절뚝거리며 둘을 따라 달렸다. 베어 내듯 날카로운 통증이 계속되어 좀처럼 허리를 펼 수가 없었다.

'뛸 수 있을까?'

소우는 시합이 걱정되었다.

통증으로 발이 묶인 소우는 1쿼터가 끝나기도 전에 쿠니리와 교체되었다. 벤치에 앉은 소우는 끌려 나온 창피함도 잊고 곧 시합에 빠져들었다. 관중석에서 떠들어 대던 학생들도 체육관을 가득 채운 긴장감에 압도당해 숨을 죽였다.

파워포워드를 맡은 킴은 탄력이 넘쳤다. 킴의 수비를 맡은 상대는 빨간 유니폼을 입은 등번호 11번 남학생으로, 킴과 키가 비슷했지만 어깨가 고릴라처럼 넓었다. 킴은 밖에서 안으로 깊이 찔러 주는 패스를 받자마자 슛을 할 듯 시선을 반짝 들었다. 그 속임수 동작에 넘어가 위로 뛰어오른 11번이 공중에서 무기력하게 허우적거리자 킴은 반 박자 기다렸다가 간단히 골을 넣었다. 옆에 있다가 뒤늦게 달려든 센터에게는 파울까지 얻어 냈다.

상대편의 반격도 만만치 않았다. 흐름을 바꾸려면 에이스를 꺾어야 한다. 소우는 11번이 킴에게 승부를 걸어올 거라고 예상했다.

킴이 패스를 가로채서 센터의 골밑슛을 도운 뒤 손뼉을 치며 수비 위치로 돌아왔다.

"온다! 자기 수비 맡아!"

다들 담당 선수를 향해 움직였다. 11번이 킴 앞으로 들어오며 손을 번쩍 들자 기다렸다는 듯 공이 날아왔다. 순식간에 킴과 11번의 일대일 승부가 시작되었다. 킴이 상체를 낮게 숙이고 양팔을 벌렸다. 소우가 다른 선수들에게 소리쳤다.

"밀고 들어온다! 도와줘!"

하지만 모두 자기가 맡은 선수를 막느라 킴을 도울 형편이 아니었다. 11번은 등 전체로 킴을 밀었다. 킴은 두 발을 단단히 디디고 버텼다.

킴이 움직이지 않자 11번이 자세를 바꾸더니 왼쪽 어깨를 들이밀었다. 킴이 한쪽 팔을 뻗어 농구공을 쳐 내려 했지만 손이 닿지 않았다.

11번이 드리블을 하며 다시 한번 반대쪽 어깨로 킴의 가슴을 밀었다. 킴은 바닥을 굳게 디디고 서서 절대 움직이지 않았다. 상대가 이를 악물고 힘을 썼지만 소용이 없었다.

"킴, 최고다!"

"밀어 내, 밀어 내!"

킴을 응원하는 소리가 점점 커졌다. 11번이 좌우를 살피더니 순간적으로 어깨를 움츠렸다가 강하게 폈다. 교묘하게 가슴을 맞은 킴의 얼굴이 일그러졌다.

"반칙이야!"

소우가 벌떡 일어섰지만 심판을 보는 체육 교사는 아무 말이 없었다.

킴이 움츠러든 틈을 타 11번이 골대를 향해 돌아서더니 뛰어오르며 슛을 던졌다. 농구공이 림을 향해 날아가는 순간 긴 팔이 뻗쳐 왔다.

팡!

공은 반대 방향으로 날아갔다. 번개 같은 킴의 슛 블록을 본 학생들이 벌떡 일어나 고함을 질렀다. 체육관 벽에 부딪힌 농구공이 코트로 굴러왔다. 얼굴이 일그러진 11번이 공을 집어 들었다.

킴이 주먹을 불끈 쥐고 가슴을 두드렸다.

"또 부딪쳐 봐!"

킴이 소리치자 관중석에서 환성이 터졌다. 여학생들의 소리가 더 높았다. 모두들 흥분한 가운데 소우만 조용히 앉아 있었다.

소우는 킴의 가슴에서 눈을 떼지 못했다.

사랑이 간다

제8 전수 학교 전체가 얼어붙었다.

"미치겠네, 정말."

누군가 중얼거리는 소리가 보육과 교실에 울려 퍼졌다.

보육과 교실만 조용한 것은 아니었다. 배관, 목공, 자동차 정비, 건축, 조경, 미용, 조리, 간호 등 모든 학과 교실이 무덤 속처럼 조용했다. 자격시험 결과가 학교에 도착한 것이다.

교실 문이 드르륵 열리고 손에 커다란 봉투를 든 보육과 담당 교사가 나타났다. 학생들의 눈이 봉투에 몰렸다. 담당 교사는 다른 말 없이 번호를 불러 성적표를 나눠 주었다.

하나둘, 책상에 얼굴을 묻는 학생들이 늘어났다. 교실 밖으로 뛰어나가는 학생도 있었다.

"내가 이럴 줄 알았어!"

코라가 성적표를 구겨서 바닥에 팽개치고 지니에게 갔다. 지니가 떨리는 손으로 성적표를 펼쳤다. 첫 장에 적힌 총점은 좋은 편이었다.

두 번째 장에는 다압 전체의 보육 자격시험 응시 인원과 지니의 석차가 나와 있었다. 6,800명이 응시해서 1,050등을 했다. 지니의 얼굴이 환해졌다.

마지막 장에는 올해 렌막에서 요청한 직업별 선발 인원이 나와 있었다. 작년에는 보모 1,600명을 요청했다. 올해도 그만큼이라면 지니는 렌막에 갈 수 있다.

지니가 숨을 멈추고 마지막 장을 펼쳤다. 유아 보육 항목 옆에 1,000이라는 숫자가 보였다. 지니가 다급히 앞장을 넘겼다. 50등 차이로 불합격이었다.

매년 새로 졸업하는 인력이 넘쳐 나기 때문에 기술 자격시험은 졸업 예정자만 단 한 번 볼 수 있다. 평생 한 번뿐인 기회가 사라지자 지니는 눈앞이 깜깜해졌다.

"선생님! 선생님!"

코라가 쓰러지는 지니를 붙잡으며 소리쳤다. 여러 교실에서 비슷한 상황이 벌어지고 있었다.

오늘 밤은 술 취한 학생들로 도시가 시끄러울 것이다. 있으나 마나 한 다압의 경찰에게 일 년에 한 번 비상이 걸리는 날이다.

　소우는 학교 본관 옆 비상계단에 앉아 있었다. 고개를 내밀면 체육관 2층에 있는 수영장이 내려다보였다. 오늘은 이곳에 오지 않으려 했지만 보이지 않는 줄이 소우를 당기는 것 같았다.

　물방울이 맺힌 유리창 너머로 수영복을 입은 킴이 보였다. 수영장에는 경기 규격인 50미터 레인이 여섯 개 있는데 킴은 창가 쪽 레인에서 배영을 연습하고 있었다.

　소우는 고배율 쌍안경을 꺼냈다. 킴이 눈앞에 있는 듯 가까이 다가왔다. 킴과 소우는 아기 때부터 단짝이었다. 불쑥 방에 들어가도 괜찮았고 주인 없는 침대에서 낮잠을 자기도 했다. 그러나 이제는 아니었다. 전에는 별 의미 없던 일들이 소우를 힘들게 했다. 킴이 평소처럼 어깨동무라도 할 때면 심장이 터질 것 같았다.

　소우는 자신이 비정상이라는 걸 알고 있었다. 누군가 신고한다면 당장 의료국에 끌려갈 것이다. 혈액 검사를 받으면 지금까지 의무 검진을 빼먹은 것이 들통난다. 오 년 동안 복합 예방 접종을 맞지 않았으니 분명 요양소행이다. 요양소에 한번 입소하면 학교로 돌아오는 건 불가능했다.

　소우는 동상처럼 앉아서 킴을 바라보았다. 킴이 돌고래처럼 숨을 내쉬자 수면 위로 반짝이는 물방울이 튀었다. 킴이 희고 긴 팔을 뻗어 시원스럽게 스트로크를 할 때마다 소우는 가슴이 먹먹했다. 어젯밤 꿈에 저 팔이 소우의 목을 휘감았다. 부드럽게 턴을 한 다음 긴 다리로 물을 차고 올라오는 킴을 보며 소우는 한숨을 길게 내쉬었다.

철컹!

한숨 소리에 마침표를 찍듯 둔탁한 쇳소리가 뒤따랐다.

소우가 쌍안경을 끌어안았다. 위층으로 통하는 비상계단에 기능 복무원이 서 있었다. 복무원의 발치에는 커다란 파이프 렌치가 떨어져 있었다. 기능 복무원이 당황한 얼굴로 물었다.

"수영장을 훔쳐본 겁니까?"

변명을 할 수 있는 상황이 아니었다. 수영복 입은 이성을 쌍안경으로 몰래 보는 행동은 누가 보아도 성적인 의도였다. 정부로부터 허가받지 못한 성적 표현과 접근은 중범죄였다.

소우는 눈앞에 서 있는 기능 복무원의 손목을 바라보았다. 시계처럼 보이는 기술 이주민 인식표가 손목을 감싸고 있었다. 이주민이 범죄 신고를 하면 영주권 취득에 필요한 기간이 대폭 줄어든다.

"움직이지 마세요. 신고하겠습니다."

복무원의 말이 아니더라도 소우는 움직일 수가 없었다. 눈앞이 까마득해지며 다리에 힘이 풀렸다. 소우는 겨우 목소리를 냈다.

"잘못했어요. 다시는 안 그럴게요."

둘의 눈길이 마주쳤다. 소우가 무릎을 꿇고 매달렸다.

"형, 살려 주세요."

기능 복무원은 상위 계급인 시민들에게 봉사하기 위해 존재했
다. 시민인 소우가 무릎을 꿇자 기능 복무원은 당황했다.

기능 복무원이 쌍안경을 눈에 댔다. 샤워실로 향하는 킴의 뒷모
습을 보고 복무원이 물었다.

"검은 수영복?"

소우가 고개를 끄덕였다. 복무원이 휘파람을 불었다.

"굉장한데!"

소우가 눈을 깜빡거렸다. 복무원이 소우의 옆에 앉았다.

"신고는 안 할게. 나 그렇게 독한 놈 아니야."

"고맙습니다. 정말 고맙습니다."

복무원이 소우에게 손을 내밀었다. 소우가 손을 잡았다.

"아까 형이라고 부른 거 진심이냐?"

소우가 고개를 끄덕였다. 기능 복무원은 렌막에 온 지 일 년밖에
되지 않은 신참이었다. 나이는 열아홉, 소우보다 한 살 많았다. 소
우는 복무원과 사적인 관계를 맺는 것이 꺼림칙했지만 성범죄로
체포되는 것보다는 나았다. 반면, 시민과 친구가 된 기능 복무원은
즐거운 표정으로 파이프 렌치를 들고 계단을 내려갔다.

킴이 사라지자 수영장에 조명이 꺼진 것 같았다. 다른 여자애들
이 남아 있었지만 소우는 더는 수영장을 바라보지 않았다.

쿵쿵쿵!

쿵쿵쿵!

멀리서 둔한 소리가 들렸다. 그 소리는 지니를 깊은 잠에서 천천히 끌어냈다. 잠이 빠져나간 자리를 지독한 두통이 채웠다. 눈을 뜨려고 힘을 주자 바닥없는 암흑이 거무스름한 여명으로 변하고 차차 희부연 안개가 되더니 그 속에서 한 줄기 빛이 보였다. 아침마다 창을 통해 잠깐 들어왔다 사라지는 기울어진 햇빛이었다.

확대되었던 동공이 진정되자 방 안에 있는 물건들이 눈에 들어왔다. 젖은 걸레, 뒤집힌 교복, 찢어진 가방에 선명하게 나 있는 신발 자국.

쿵쿵쿵!

누군가 다시 문을 두드렸다. 정신을 차린 지니가 천천히 일어나며 물었다.

"누구세요?"

"문이나 열고 말해, 이년아! 지금이 몇 신 줄 알아?"

끝이 갈라진 탁한 목소리, 1층 할머니였다.

"어린년이 벌써부터 술이나 처먹고, 잘한다, 잘해!"

'술?'

공중에 흩날리는 사진들처럼 토막 난 기억이 스쳐 지나갔다. 친구들과 몰려다니며 처음으로 술을 마셨다. 노래를 부르고 토하고 울며 소리를 질렀다. 떼뭉쳐 거리를 헤매다가 싸움도 벌였던 것 같다. 어떻게 집에 돌아왔을까?

어젯밤, 정신을 잃은 지니를 코라와 친구들이 힘겹게 집으로 끌고 왔다. 다행히 타마미 역시 술에 취해 자정을 넘겨 집에 들어왔다. 새벽에 겨우 일어난 타마미는 새벽잠 없는 1층 할머니에게 지니를 깨워 달라고 부탁하고 일터로 갔다.

"문 열라니까!"

"일어났어요."

지니는 문을 열어 주지 않았다. 지니는 1층 할머니가 싫었다. 주름지고 냄새나고 전투적인 노인을 보고 있으면 나이를 먹는다는 게 짜증이 났다.

보이지 않는 손이 뇌를 주무르는 것 같았다. 지니는 가까스로 거울 앞에 섰다. 얼굴이 터질 듯 부었고 눈두덩에 파묻힌 눈자위는 토끼 눈처럼 빨갰다. 이런 꼴을 하고 밖에 나가야 한다니 죽고만 싶었다.

지니는 물그릇에 남아 있는 찬물로 오래 세수를 했다. 담배 냄새로 훈제가 된 교복을 입자 문 두드리는 소리가 다시 들렸다. 지니가 문을 열고 나갔다.

"모가지에 철근을 박았냐? 어른을 봤으면 인사를 해야지, 어딜

째려봐?"

지니가 할머니를 향해 꾸벅 고개를 숙이고 계단을 내려갔다.

"저런 걸 끼고 살려면 타마미도 속 좀 타겠다. 활활 타겠어."

잔소리가 끈질기게 따라왔다.

새벽부터 쏟아졌던 비가 막 갠 참이었다. 인부들이 맨발로 손수레를 끌며 곳곳에 웅덩이가 생긴 비포장 길을 천천히 지나갔다. 녹슨 철조망에 앉은 얼룩 비둘기들은 절름발이 검은 개를 노려보고 있었다. 검은 개가 쓰레기 더미를 헤집자 썩어 가는 생선 내장과 대가리가 한 무더기 나왔다. 속을 뒤집는 냄새가 왈칵 퍼졌다. 회색 개 한 마리가 나타나 검은 개를 향해 으르렁댔다. 개들이 새로운 먹이를 향해 서로 입술을 말아 올리고 송곳니를 드러내는 사이 비둘기들이 퍼덕이며 내려와 생선 찌꺼기를 파헤쳤다. 비둘기들은 생선 내장에서 기어 나오는 하얀 구더기를 부지런히 찍어 삼켰다. 개들이 목숨을 걸고 싸우는 동안 비둘기들의 만찬은 계속되었다.

지니는 구역질을 참으며 날카로운 햇살 속을 걸었다. 물 한 모금이 간절했지만 그것 때문에 집으로 돌아가고 싶지는 않았다.

항구 안에 끈적하게 퍼져 있는 중유 찌꺼기 때문에 바람에도 기름 냄새가 났다. 파도가 밀려올 때마다 점액질의 폐유에 언뜻 검은 무지개가 비쳤다. 항구로 들어온 파도는 수면에 퍼진 기름에 눌려 급격히 힘을 잃었다.

부둣가에는 녹이 엉겨 붙은 배들이 뱃전을 맞대고 정박해 있었다. 물속에 가라앉은 채 조타실의 지붕만 수면 위로 내민 배들도 여러 척 있었다. 지니가 지나가자 부둣가에 쭈그리고 앉아 그물을 정리하던 선원들이 고개를 들었다. 누군가 뒤에서 말을 걸었지만 지니는 고개를 돌리지 않았다. 바지를 입고 올 걸 그랬다고 후회하며 입술을 깨물 뿐이었다.

코라에게 들은 대로 낡은 창고가 늘어선 뒷골목으로 들어가자 2층에 인력 중개소 간판이 보였다. 금이 간 유리창에는 햇볕에 바랜 테이프가 덕지덕지 붙어 있었다.

지니는 녹슨 철제 계단을 올라갔다. 심호흡을 하고 문을 열자 긴 의자에 나란히 앉아 있는 남자들이 보였다. 나이를 짐작할 수 없는 반백의 짧은 머리 남자가 물었다.

"무슨 일이냐?"

"렌막에 가고 싶어서 왔어요."

남자들이 웃음을 터뜨렸다. 짧은 머리 남자가 다시 물었다.

"거긴 왜?"

"일하려고요. 전수 학교에서 유아 보육을 배웠어요."

"전수 학교 출신이면 기술 이주 신청을 해야지."

"시험에 아슬아슬하게 떨어졌어요."

"떨어졌는데 어쩌라고?"

웃음소리가 커지자 지니는 기분이 나빴다. 아무래도 이곳이 아닌 것 같았다. 지니가 그만 돌아서자 새로운 목소리가 들렸다.

"아가씨, 잠깐!"

책상 뒤에 혼자 앉아 있던 삼십 대 남자가 일어났다. 긴 다리로 몇 걸음 성큼 내딛자 가죽 구두 굽 소리가 맑게 울렸다. 남자는 손가락을 까닥여 짧은 머리 남자만 남기고 나머지를 밖으로 몰아냈다. 남자가 지니에게 손을 내밀었다.

"내 이름은 진다이입니다. 렌막에서 작은 사업을 하고 있지요."

지니는 눈앞이 환해지는 것 같았다. 지니가 진다이의 손을 두 손으로 꼭 붙잡고 말했다.

"렌막에서 일하고 싶어요."

"다압인들은 다 그렇죠. 시험에 떨어졌다면서 어떻게 렌막에 가려는 거죠?"

"어떻게든 방법이 있을 거라고 생각했어요. 저는 무슨 일이 있어도 렌막에 가야 해요."

지니의 눈에서 눈물이 넘쳤다. 눈물이 진심을 전해 주기를 바랄 뿐이었다. 진다이가 손수건을 내밀었다. 묵직한 사향 냄새가 났다. 지니는 손수건이 렌막행 표라도 되는 듯 움켜쥐었다. 진다이가 웃었다.

"아가씨 말이 맞아요. 노력하면 어떻게든 방법이 나오는 법이죠. 이름이?"

"지니예요."

"지니의 경우에는 불법적인 방법 말고는 없습니다. 어떤가요?"

당당하게 불법이라고 이야기하니 불법이 아닌 것 같았다. 지니가 고개를 끄덕였다.

"솔직해서 좋군요. 기회를 줄게요."

지니의 눈에서 다시 눈물이 쏟아졌다. 짧은 머리 남자가 물었다.

"찔찔이! 돈은 있냐? 요즘엔 단속 때문에 요금이 꽤 올랐어."

"얼만데요?"

지니는 긴장했다.

"순금 4백. 아니면 렌막 돈으로 1만. 우린 다압 돈 안 받아."

지니의 입이 벌어졌다. 감히 흥정할 수 있는 금액이 아니었다. 지니가 멍한 얼굴로 바라보자 짧은 머리 남자가 문을 가리켰다.

"없으면 꺼져."

"잠깐!"

진다이가 뭔가를 생각하더니 지니에게 말했다.

"돈이 문제라면 내가 빌려줄 수 있습니다."

지니는 진다이의 등에서 날개를 본 것 같았다.

긴 의자에 앉아 지니는 진다이가 불러 주는 대로 차용증을 썼다. 이자는 일 년에 30퍼센트, 원금과 이자를 모두 갚을 때까지 진다이 밑에서 일하며 절대 명령을 어기지 않는다는 내용이었다.

보증인으로 타마미의 이름과 주소를 쓰기 전 지니는 잠시 망설였다. 돈을 갚지 못하면 엄마가 시달리게 된다. 짧은 고민 끝에 지니는 마음을 정했다. 렌막에 가서 일하면 어떻게든 갚을 수 있을 것이다.

시키는 대로 지니가 서명을 하자 진다이가 말했다.

"이제부터 말을 놓겠다."

"……네."

"제대로 선택했는지 확인해 볼까?"

지니는 시키는 대로 밝은 창가에 섰다. 진다이가 말했다.

"뒤로 돌아. 두 손은 머리 위에 올리고."

주문은 계속 이어졌다.

"가슴 펴. 머리 묶고 목덜미를 보여 줘. 스커트 올려 봐."

지니의 얼굴이 점점 굳어졌다. 관절에서 나사가 빠진 것처럼 움직일 수가 없었다. 뭘 원하는 거지? 그냥 포기하고 돌아갈까?

지니는 그동안 렌막에 가지 못한 선배들이 어떻게 되었는지 보았다. 자포자기하는 마음으로 스무 살도 되기 전에 애 엄마가 되거나, 동전 몇 푼을 벌기 위해 타마미처럼 평생을 힘들게 일하거나, 밤 골목에서 남자들의 팔에 매달리는 하루하루가 지니를 기다리고 있었다. 지니는 절대 그렇게 살고 싶지 않았다.

진다이가 물었다.

"렌막에 가기 싫어?"

지니가 서 있는 창문 밖으로 두 번째 항구가 보였다. 기름막이와 출입 차단 장치로 보호된 외국 선박 전용 부두에는 렌막에서 온

큰 배가 정박해 있었다. 강렬한 햇살 아래 흰색 배는 눈부시게 빛
났다.

지니는 투에게서 받은 유리알 반지를 내려다보았다. 하지만 곧
눈길을 거두고 치맛자락을 걷어 올렸다. 지니의 무릎에는 지난밤
어디선가 긁힌 상처가 있었다. 진다이가 눈을 가늘게 뜨고 지니의
조그만 무릎을 자세히 살펴보았다.

"더 올려! 더!"

지니는 눈을 질끈 감았다.

'렌막에 가기 위해서야. 다른 방법이 없잖아.'

눈을 감아도 진다이의 웃음이 보였다.

아르카디아

오늘 밤도 엉망으로 취해 돌아온 타마미는 지니가 내민 종이가 무엇인지 읽어 볼 정신이 없었다. 타마미가 보증인 칸에 가까스로 서명을 한 뒤 곯아떨어지자 짧은 머리 남자가 차용증을 챙겨 떠났다.

지니는 코를 고는 타마미 옆에서 편지를 썼다.

> 엄마, 겐막에 가게 됐어요. 빚은 열심히 일해서 갚을게요.
>
> 엄마도 내년이면 마흔이에요. 제발 술 좀 끊어요.
>
> 그동안 고마웠어요.

지니는 밤길을 조심스레 걸어 코라를 찾아갔다. 코라는 작별 인사를 하는 지니에게 화를 냈다.

"나쁜 기집애, 나한테는 미리 말을 했어야지!"

지니가 울먹이며 코라에게 약속했다.

"자리 잡으면 너 먼저 부를게."

코라와 헤어지고 나니 정말 다압을 떠난다는 느낌이 들었다.

지니는 진다이가 알려 준 시간에 항구에 도착했다. 2층 인력 중개소에는 지니 또래 여자 열몇 명이 잔뜩 긴장해서 모여 있었다. 지니가 의자에 앉자 옆에 있던 여자애가 속삭였다.

"내 이름은 매지야."

이야기 상대가 필요했던 지니와 매지는 불 꺼진 사무실에서 속닥이다 깜빡 잠이 들었다.

새벽 3시에 진다이가 나타나 여자애들을 깨웠다. 진다이를 따라 부둣가를 걷자 어둠 속에서 빙산처럼 하얀 슈퍼 요트 아르카디아가 나타났다. 지니는 선원들이 비춰 주는 손전등 불빛을 따라 배 안으로 들어갔다.

제복을 입은 선장이 선교에서 진다이를 기다리고 있었다. 진다이가 물었다.

"출항 신고는?"

"미리 끝냈습니다. 다압 출입국 관리소와 세관은 먹은 게 있어서 아르카디아를 세우지 못합니다. 렌막에 입항할 때나 조심하면

됩니다."

진다이가 일등 항해사를 불러 여자애들을 데려가게 했다. 수영장이 있는 상부 갑판에서 실내로 들어가자 중앙 복도 좌우로 침실이 줄지어 있었다. 침실을 지나면 넓은 휴게실이 나왔다. 영화관과 도서관, 카페가 있는 휴게실은 수십 명이 동시에 식사를 할 수 있는 식당으로 이어졌다. 일등 항해사는 모두 화장실에 다녀오게 한 다음 구불구불 계단을 내려가서 배 밑바닥 기관실로 향했다.

기관실에는 작은 건물만 한 엔진이 공회전하며 진동과 소음, 열기를 뿜어내고 있었다. 일등 항해사가 구석의 잡동사니를 치우자 숨겨졌던 쪽문이 나타났다. 좁고 어두운 비밀 격실이었다. 일등 항해사가 한쪽 눈을 찡긋 감았다.

"아가씨들, 여기 좀 숨어 있어. 출항하면 바로 꺼내 줄게."

멀미약과 구토용 봉투를 나눠 준 다음 일등 항해사가 문을 잠갔다. 벽에 작은 전등이 켜져 있었지만 격실 안은 어두웠다. 차라리 눈을 감는 게 마음이 더 편했다. 잠이라도 잤으면 좋겠는데 온몸을 흔드는 엔진의 진동 때문에 허리가 아파 잠이 오지 않았다. 기름 냄새 때문에 머리도 어지러웠다.

옆에 앉은 매지가 지니에게 팔을 뻗었다. 어두운 곳에서는 체온이 더 따뜻하게 느껴졌다. 길고 가느다란 매지의 손가락이 지니의 손바닥 안에서 꼼지락거렸다.

저속으로 돌아가던 엔진의 회전이 점점 빨라지더니 격실 전체가 진동했다. 아르카디아가 출항한 것이다. 방파제를 빠져나가자 파도가 제법 높게 일었다. 아직 속도를 올리지 못한 배가 파도를 천천히 넘을 때마다 선체가 앞뒤 좌우 위아래로 불쾌하게 흔들렸다. 지니는 처음 느끼는 배의 독특한 움직임에 점점 속이 불편해졌다.

지니가 격실에서 흔들리는 동안 길이 70미터, 배수량 1,100톤의 아르카디아는 주변의 무인도와 암초 사이를 도선사도 없이 조심스럽게 빠져나갔다. 선체 뒤로 하얗게 이어지는 물줄기가 점점 길어졌다. 넓은 바다에 들어선 아르카디아는 시속 30노트의 순항 속도를 유지하며 바다를 갈랐다.

두어 시간이 지나자 진다이는 여자애들을 갑판 위로 불러 올렸다. 어느새 아침이었다. 다압은 수평선 너머로 사라진 지 오래였고 주위는 온통 짙은 청색의 바다뿐이었다.

지니는 진동이 심했던 바닥의 기관실과 달리 상쾌한 갑판으로 올라오니 뱃멀미가 훨씬 덜해졌다. 맑은 하늘 아래 매끄러운 바다에는 낮은 너울이 잔잔하게 깔렸다. 푸른 하늘과 군청색 바다 사이에 가끔 하얀 구름이 눈에 띄었다.

아르카디아는 거침없이 서쪽을 향해 달렸다. 쉬지 않고 선체를 울리는 엔진의 낮은 진동도 곧 익숙해졌다. 선원복을 입은 젊은 선원들은 친절했고 여자애들에게 과자를 나눠 주기도 했다. 눈이 사르르 감기는 과자만큼 선원들의 웃음도 근사했다.

하루에 네 번 주방장이 만든 식사가 준비되었다. 멀미약이 듣지 않아 뱃멀미에 고생하는 몇을 빼놓고는 다들 배부르게 먹고 후식까지 챙겨 먹었다. 아무리 많이 먹어도 요트 안을 돌아다니며 놀다 보면 금방 배가 고팠다.

꿈같은 이틀이 지나고 마지막 저녁 식사를 마치자 진다이가 모두를 불러 모았다.

"이제 세 시간 뒤면 렌막 해상에 들어간다. 이거 받아라."

기술 이주민이라면 누구나 손목에 차야 하는 인식표였다. 지니는 고급 시계처럼 생긴 인식표를 손목에 찼다.

찰칵!

상쾌한 금속성 소리가 울려 퍼졌다. 인식표를 찰 거라고는 생각하지 못했는데 꿈만 같았다.

어둠이 내리자 별이 빛났다. 바다 위에 뜨는 별은 육지에서 볼 때보다 몇 배나 많고 밝았다. 다들 항해가 끝난 게 아쉬운지 좀처럼 갑판에서 내려가지 않았다. 서늘한 바람에는 지금껏 맡았던 바다 냄새와 다른 냄새가 섞여 있었다. 흙냄새였다.

사라진 수평선 대신 지평선 위로 새로운 별들이 떠올랐다. 하늘의 별보다 밝은 렌막의 불빛이었다. 육지의 불빛은 색도 밝기도 갖가지였다. 이제는 다들 어슴푸레한 육지의 윤곽을 볼 수 있었다. 밤하늘 아래 희미하던 산릉선이 점점 진해졌다.

삼십 분 뒤, 아르카디아의 주 엔진이 갑자기 멎었다. 항로 가까이에서 낚싯대를 드리우고 있던 어선 한 척이 접근해 오자 지니 일행은 사다리를 타고 내려가 조용히 배를 옮겨 탔다. 짐을 내린 아르카디아가 조난 신호를 발신하자 해양 경비정과 예인선이 조명을 밝히고 출동하여 아르카디아를 항구로 이끌었다.

밀입국자들을 실은 어선은 가까운 섬 뒤로 조용히 움직였다. 섬 뒤에는 또 다른 배가 기다리고 있었다. 배는 여자애들을 태우고 바닷가의 작은 조선소로 향했고 실내 도크로 들어갔다.

커다란 승합차 두 대가 도크 옆에서 기다리고 있었다. 자동차는 안에서도 밖이 잘 보이지 않을 만큼 창이 어두웠다. 그래도 모든 빛을 다 막아 내지는 못했다. 점점 많아지는 고층 건물의 윤곽과 환한 가로등 덕분에 지니는 자동차가 도시의 한복판으로 이동하고 있다는 걸 알 수 있었다.

차가 지하 주차장 안에서 멈췄다. 차 문이 열리며 환한 빛이 쏟아져 들어오자 긴장하고 있던 여자애들이 깜짝 놀라 얼굴을 가렸다.

"숙녀 여러분, 렌막의 수도, 렌막시티에 온 것을 환영합니다!"

팔에 매달리고 싶을 만큼 반가운 진다이의 목소리였다. 여자애들은 차에서 내려 엘리베이터를 타고 각자 알려 준 번호가 붙은 방으로 들어갔다.

창밖으로 렌막시티가 보였다. 늦은 밤인데도 시원한 운동복을 입은 여자들이 이어폰을 끼고 거리를 달렸고, 큰 소리로 떠들어 대며 걸어가는 아이들도 보였다. 지니가 유리창에 입술을 대고 속삭였다.

'오빠, 내가 왔어.'

이 아름다운 도시 어딘가에 투가 있다. 지니는 오랫동안 밤거리를 내려다보았다. 밤새 바라보아도 질리지 않을 것 같았다.

"언제부터 외출할 수 있어요?"

렌막에 도착한 지 보름이나 지났지만 다들 밖으로 한 걸음도 내딛지 못했다.

"거울 안 봐? 때가 좀 빠져야 나가지, 지금 나가면 당장 단속감이야."

진다이의 대답을 듣고 몇 명은 정말 거울을 바라보았다. 겁먹은 눈빛을 한 촌스러운 여자애들이 거울에 비쳤다. 지니는 당장 풀이 죽었다.

렌막에서 지니는 껍질을 깨고 겨우 부리를 내민 젖은 병아리였다. 혼자서는 한 걸음도 걸을 수 없었다.

"너희가 차고 있는 건 모조 인식표라는 거 잊지 마라. 무인 단속기는 괜찮지만 불심 검문은 못 피한다."

진다이가 강조하지 않더라도 다들 조급하게 행동하다가 단속에 걸릴 생각은 전혀 없었다.

"모두 출근 준비해!"

진다이가 손뼉을 쳤다.

미니버스가 숙소 지하 주차장에서 대기하고 있었다. 차창 안팎에 빛 가림 처리를 해 밖에서도 안이 보이지 않고 안에서도 밖을 볼 수 없다. 삼십 분쯤 달리면 상업 지구의 건물에 도착했고 지하 주차창에서 엘리베이터를 타면 지하 3층에 있는 양육원이 나왔다.

양육원은 늘 조용했다. 일광실을 뺀 나머지 공간은 어두웠으며 대부분 간접 조명이었다. 함께 8, 9번 아기를 맡고 있는 시아가 웃으며 지니를 맞았다. 지니가 손을 소독하고 앞치마를 두르자 시아가 하품을 하며 자기 가방을 챙겨 들었다.

"수고해!"

아기 칠십 명을 돌보고 있는 이 양육원은 주야 2교대로 운영되었다. 초보인 지니가 낮 근무, 근무한 지 일 년이 넘은 시아가 밤 근무였다. 지니는 체크 카드를 집어 들고 아기들의 식사 시간과 식사량, 배변 시간을 확인했다.

전수 학교에서 배운 이론은 실제 육아와 상당히 달랐다. 아기들은 주로 밤에 놀았고 낮에는 잤다. 밤 수면 시간이 상당히 부족한 편이었다. 생후 십 개월이라면 최소 열다섯 시간은 자야 한다. 지니가 고개를 갸웃거리자 시아가 웃었다.

"시키는 대로만 하면 돼. 그럼 문제없어."

지니는 잠든 아기를 내려다보았다. 쌕쌕 숨을 쉴 때마다 입에서 농축된 분유 냄새가 났다. 하얀 면 이불 밖으로 9번 아기의 조그만 발이 나와 있었다. 지니의 엄지손가락 길이만 한 발에 콩알 같은 발가락이 붙어 있고 그 위에 쌀알만 한 발톱이 보였다. 지니가 발바닥을 만지자 발이 달팽이 눈처럼 이불 속으로 쏙 들어갔다.

"귀여워!"

지니가 온몸을 부르르 떨었다. 주간 근무는 특별히 어려울 게 없었다. 낮 시간을 거의 잠으로 보내는 아기들을 위해 양육원 조명은 내내 어둡게 유지되었다.

렌막의 아기는 출산 자격 검증을 통과한 부모에게서 태어난 특별한 존재였다. 모든 아기들은 이 년 동안 양육원에서 자랐고 부모들은 그동안 자녀 양육에 대한 교육 과정을 이수해야 했다. 아기들을 돌보는 보모들은 다른 기능 복무원보다 나은 대접을 받았다. 양육원에 있는 동안 지니는 자신이 밀입국자라는 걸 까맣게 잊고 지냈다.

렌막은 주위 나라에서 영역별로 기능 복무원을 조달받았다. 양손으로 젓가락을 사용할 만큼 손재주가 좋은 다압은 서비스와 기반 시설, 용병의 나라 도마치는 치안과 국방, 혈관에 초록색 피가 흐른다는 미사카는 농업, 걸음보다 헤엄을 먼저 배우는 센탐은 수산업, 아기의 첫 생일에 공구를 선물하는 살레오는 공업 생산 영역 복무원을 선발해 렌막으로 보냈다. 모두 동일한 교육 체계인 직업 전수 학교를 운영했고 렌막에서 요구하는 교육 과정을 준수했다. 교육 공용어는 렌막어였다. 다압과 도마치처럼 오래도록 국경 분쟁을 겪고 있는 나라 출신들도 렌막에서는 쌓인 감정을 드러내지 못했다.

　일을 시작한 지 두 달 뒤 진다이가 지니를 불렀다. 책상 위에는 양육원장이 작성한 근무 평가서가 있었다.

　"외출을 하고 싶다고? 시아는 첫 외출까지 육 개월이 걸렸다. 그것도 빠른 편이었지만."

　진다이가 들고 있던 유리잔을 근무 평가서 위에 내려놓았다.

　"특별한 대우를 원하면 특별한 대가를 치러야지."

　지니의 눈길이 불안하게 흔들렸다. 진다이가 물었다.

　"술 마셔 봤나?"

　지니가 고개를 끄덕였다. 그러고 보니 진다이의 숨결에서 얼핏 술 냄새가 났다. 근무 평가서 위에 놓인 유리잔에는 호박색 위스키가 반쯤 채워져 있었다. 얼음을 채운 잔에서 차가운 물방울이 굴러 떨어지자 근무 평가서에 적힌 글씨가 천천히 번졌다.

　"우리는 몇 개 사업체를 함께 운영하지. 클럽 캥거루도 그중 하나야. 오늘 밤부터 시아와 함께 출근해라."

　어리둥절한 지니에게 진다이가 설명했다.

　"쉽게 말하면 회원제 술집이다."

　지니는 입술을 질끈 깨물었다. 젊은 여자가 필요한 술집이라면 어떤 곳인지 알 것 같았다.

　'결국 이렇게 되는 건가?'

"너희 선배들도 다 하고 있는 일이야."

진다이가 무심하게 말했다. 시아의 목소리가 지니의 귓속에 울렸다.

'시키는 대로만 하면 돼. 그럼 문제없어.'

지니는 좀처럼 대답을 하지 못했다. 한번 대답을 하면 돌아오지 못할 곳에 발을 내딛게 될 것 같았다. 지니가 입을 다물자 진다이는 차용증을 꺼내 팔락팔락 흔들었다.

"여기서 일하는 걸로는 이자도 못 갚는다. 넌 나한테 감사해야 해. 돈을 빌려주고 그 돈을 갚을 수 있게 일자리까지 주잖아."

진다이가 다시 유리잔을 들어 천천히 술을 마셨다. 지니의 근무 평가서 위에는 둥근 자국이 대답처럼 남아 있었다.

"나한테 화났니?"

시아가 물었다. 지니가 대답하지 않아도 시아는 그다지 신경 쓰지 않았다.

"해 보면 별거 아니야."

시아가 거울을 보며 머리를 다듬었다. 야간 근무자로 교대된 양육원은 묘하게 활기가 돌았다. 긴 낮잠을 잔 아기들이 여기저기서 깨어났다. 배가 고파 우는 아기가 있었지만 담당 보모는 좀처럼 분유를 주지 않았다.

지니가 시아에게 바짝 다가앉았다.

"언니, 나 못 하겠어요."

시아가 피식 웃었다.

"처음엔 다 그래."

원장이 나타나 번호를 불렀다.

"11, 19, 43번, 오팔!"

곧이어 원장이 시아와 지니를 향해 외쳤다.

"너흰 토파즈!"

시아는 덤덤한 얼굴로 육아 가방을 열고 외출 준비를 했다. 분유병과 기저귀, 간단한 장난감, 베이비파우더와 물티슈, 물 대신 먹일 아기용 차와 손수건을 꼼꼼히 확인했다. 분유병에는 물만 부으면 되도록 분유를 넣어 두었고 끓여서 적당히 식힌 물도 보온병에 담았다. 아기가 갈아입을 옷은 따로 챙겼다. 준비를 마친 시아가 가방을 메고 8번 아기를 안았다. 지니가 물었다.

"클럽에 출근한다면서 아기는 왜요?"

"너도 9번 아기 안아."

지니는 시아를 따라 비상구로 갔다. 낮에는 한 번도 열린 적 없는 비상구였다. 비상구를 통해 계단을 오르자 또 하나의 문이 나왔다. 건장한 경비원이 입구를 지키고 있었다.

반대쪽에서 기다리고 있던 남자가 문을 열어 줬다. 새하얀 셔츠에 빨간 나비넥타이, 반짝이는 가죽 구두를 신은 웨이터였다. 웨이터가 지니를 보고 웃었다.

"첫 출근이시군! 앞으로 자주 봐."

웨이터가 앞장섰다. 푹신한 카펫이 깔린 긴 복도를 따라 창이 없는 문이 드문드문 보였다. 지니와 시아는 웨이터를 따라 복도 끝으로 갔다. 토파즈라는 명판이 달린 문을 열며 웨이터가 정중하게 말했다.

"사장님, 즐거운 시간 되십시오."

방은 넓었다. 크리스털 술잔과 얼음 통이 가지런하게 놓인 침대 크기의 테이블 옆에는 깊고 푹신한 가죽 소파가 있었다. 방 끝에는 그네 침대와 곤충 모빌, 헝겊 그림책이 한 바구니 있었다. 한쪽 벽을 모두 차지한 대형 화면에는 아기들이 좋아하는 유아용 만화가 소리 없이 상영되고 있었다.

"또 오셨네요."

시아가 활짝 웃자 지니도 쭈뼛쭈뼛 인사를 했다. 만화를 보고 있던 남자 둘이 고개를 돌렸다. 소파 등받이에 양팔을 날개처럼 얹은 뚱뚱한 남자와 흰머리 남자였다. 두 사람 다 상당히 술에 취해 있었다.

"아빠 보고 싶었지?"

뚱뚱한 남자가 자기 옆자리를 탁탁 두드리자 시아가 냉큼 앉았다. 지니도 머뭇거리며 흰머리 남자 옆에 앉았다. 흰머리 남자는 지니가 안고 있는 9번 아기에게서 눈을 떼지 못했다.

렌막시티

매지는 눈치가 빨랐다. 밤 근무가 예사롭지 않다는 걸 알아차리고 자꾸 캐물었지만 지니는 진다이의 지시대로 끝까지 입을 다물었다. 기분이 상한 매지는 진다이를 직접 찾아갔다.

지니는 다음 날 밤 근무에서 매지를 만났다. 지니가 깜짝 놀라자 매지가 웃었다.

"겨우 이런 걸 숨겼니?"

"너, 괜찮아?"

"어차피 돈 벌려고 온 거잖아."

하지만 눈치 빠른 매지도 처음부터 모든 걸 알아차리지는 못했다. 지니와 매지는 사실 조연일 뿐이었다.

클럽 캥거루는 수익만큼 높은 위험 때문에 검증된 고객만을 대상으로 영업을 했다. 지니의 첫 손님인 흰머리 남자는 클럽의 회원 기준에 미달하는 사람이었다. VIP 회원 하나가 술김에 우겨 데려 온 친구였는데 첫 방문에 제대로 불이 붙어 버렸다. 클럽 쪽에서는 바짝 흥분한 손님을 냉정하게 거부할 수가 없었다. 손님이 자신의 애정을 거부당했다고 생각하면 앙심을 품어 뒤끝이 좋지 않기 때문이다. 적당히 지갑을 말려 스스로 떨어지게 하는 방법밖에 없었다.

흰머리 남자는 9번 아기를 좋아해서 일주일에 한 번 꼴로 클럽을 찾았다. 지니는 그를 다미 아빠라고 불렀다. 다미는 흰머리 남자가 9번 아기에게 붙여 준 이름이었다. 캥거루의 손님들은 아기에게 자기만의 이름을 붙였다. 보모들은 그 이름을 기억해야 했다.

"다미 아빠 오셨어요?"

"어디, 우리 다미 잘 있었니?"

다미 아빠가 지니는 쳐다보지도 않고 아기를 향해 팔을 뻗었다. 무시당한 지니가 입을 삐죽거리며 아기를 안겨 주었다.

"술은 작은 걸로 할까요?"

지니의 물음에 다미 아빠가 고개를 끄덕였다.

손님이 마시는 술값은 아기의 매상 장부에 꼬박꼬박 기록되었다. 9번 아기의 매상은 평균보다 낮은 편이었다. 다미 아빠는 가난했고 술을 아껴 마셨다. 두 번에 한 번은 술을 남겨 두고 다음에 와서 다시 찾을 정도였다. 술이 어느 정도 들어가면 다미 아빠는 신세 한탄을 하며 울었다. 팁도 조금밖에 주지 못했다. 두세 시간 아빠가 되기 위해 몇 주를 일해야 하는 다미 아빠에게 지니는 비싼 술을 권할 수 없었다.

"아빠가 말이야, 돈 많이 벌어서 장난감이랑 옷이랑 몽땅 사 줄게."

다미 아빠 목소리가 점점 커졌다. 아기가 주먹을 쥐었다 폈다 하며 다미 아빠를 올려다보았다. 다미 아빠 품에 안긴 아기는 기분이 좋아 보였다. 옹알거리며 웃을 때마다 막 나기 시작한 앞니 두 개가 반짝거렸다.

"큰 집도 사고, 강아지도 사고, 엄마도 찾아볼게. 모두 같이 사는 거야!"

음악 교사인 다미 아빠는 국가가 제공하는 임대 주택에서 살았다. 출산 자격 검증의 기본 자격도 갖추지 못했으면서도 아빠가 되고 싶은 꿈에 몸부림치고 있었다. 술이 들어가야 자라나는 꿈, 취했을 때만 샘솟는 삶의 의욕, 아침이 오면 사라지는 신기루였다.

다미 아빠의 목소리가 커질수록 지니는 쓸쓸했다. 렌막 남자들은 클럽 캥거루에 와서 비싼 술값을 내고 아기를 만났다. 아기에게 분유를 먹이며 행복해했고 기저귀를 갈 때는 기뻐서 손을 떨기도 했다. 지니는 차분하게 앉아서 남자들의 서툰 손길을 바로잡아 주었다. 아기와 보내는 두어 시간을 위해 남자들은 엄청난 대가를 지

불했다. 합법적으로 아기를 가질 만큼 부자였다면 클럽 캥거루에
오지 않았을 것이다. 부자가 아니기 때문에 많은 돈을 내야 하는
사람들이었다.

지니가 문득 정신을 차려 보니 방 안이 조용했다. 다미 아빠가
잠든 아기를 우두커니 안고 있다가 말했다.

"술 한잔 줘."

"천천히 드세요, 다미 아빠."

다미 아빠가 피식 웃었다.

"내가 바보 같지?"

지니는 거짓말을 하고 싶지 않아 입을 다물었다. 다미 아빠가 중
얼거렸다.

"나도 알아. 이 아기는 밤마다 아빠가 바뀌겠지. 이름도 여러 개
일 테고. 알면서도 어쩔 수가 없어. 아무리 열심히 일해도 심사에
서 늘 떨어지니까. 먹고 자는 건 국가에서 대 주지만 정말 사랑하
는 것은 가질 수가 없어."

"아저씨!"

지니가 다미 아빠의 팔에 손을 올렸다. 지니도 알고 있었다. 이
나이 든 남자의 고통은 지니처럼 어린 여자애의 위로로는 사라지
지 않는다. 그래서 더욱 불쌍했다.

"아저씨 마음을 알아줄 착한 여자가 어딘가 있을 거예요."

다미 아빠가 고개를 들었다.

"난 여자가 아니라 아이가 필요하단 말이야."

"사랑하는 여자가 있어야 아이가 생기죠."

다미 아빠가 눈을 가늘게 뜨고 지니를 바라보았다.

"어느 시절 이야기를 하는 거냐? 너야말로 바보구나, 바보!"

다미 아빠 목소리가 커졌다. 얼핏 잠이 들었던 아기가 울음을 터뜨렸다. 다미 아빠 목소리가 갑자기 바뀌었다.

"아빠 때문에 깼니? 어이구, 미안해라. 아빠 혼나야겠다."

다미 아빠가 자기 엉덩이를 요란하게 때렸지만 아기는 울음을 그치지 않았다. 다미 아빠가 지갑에서 지폐 몇 장을 손가락으로 헤아리다가 두 장을 지니에게 줬다.

지니가 분유를 타서 다미 아빠에게 건넸다. 다미 아빠가 아기를 안고 분유를 먹였다. 배가 고팠던 아기는 힘차게 젖병 꼭지를 빨았다. 꼴깍꼴깍 분유가 넘어갔다. 투명한 분유병을 통해 꼭지를 빠는 아기의 입이 동그랗게 보였다. 다미 아빠는 황홀한 눈으로 아기를 바라보았다. 지니는 그런 다미 아빠를 우두커니 바라보았다. 받은 돈을 차마 주머니에 넣을 수가 없었다.

기능 복무원에게 들킨 뒤로도 소우는 비상계단으로 가서 킴을 훔쳐보았다. 기능 복무원은 소우를 걱정했다.

"다른 사람한테 들키면 어떡할래?"

"그러게요."

소우가 한숨을 쉬었다. 생체 교육에서 배운 대로 이 느낌은 렌막 사람들에게는 이미 퇴행한 '발정'이 분명했다. 출산 자격 검증을 거치지 않는 한 이제 렌막인들에게는 생식과 관련된 어떤 행위도 불법이었다.

렌막의 합법적인 거주자라면 누구나 출산 자격 검증을 신청할 수 있지만 승인율은 낮았다. 심사를 위해서는 부모 후보자의 유전자 검사와 의료 기록, 전과 조회, 학력 증명, 수입 및 자산 내역 등이 필요했다. 출산 경험이 있는 가정은 가산 점수가 있어서 유리하지만, 신규로 출산 자격을 획득하는 경우는 전체 승인 건수 대비 연간 30퍼센트도 안 되었다.

자격 검증에 통과하면 증명서가 발급되고 의사 처방에 따라 생식 촉진제를 맞는다. 삼사 개월 뒤에는 생리와 사정이 정상화되어 수정 과정을 진행할 수 있다. 인공 수정은 불법이었다. 출산에 대해서라면 렌막은 중동의 율법주의 종교 국가만큼 보수적이었다.

자연 생식이 일반적인 다압에서 온 기능 복무원은 소우를 안타까워했다.

"너무 걱정하지 마. 예전에는 나도 너랑 비슷했어."

"지금은요?"

"지금은 다 나았지."

소우는 병에 걸렸지만 치료할 방법을 찾을 수 없었다. 적어도 스스로는 치료가 불가능한 병이었다.

쉬는 시간에 킴이 소우에게 말했다.

"오늘 밤에 놀러 와. 부모님이 동생들 데리고 여행 간대."

킴에게는 두 살 터울의 쌍둥이 동생 이안과 주안이 있었다. 외동인 소우는 킴의 동생들과도 친했다.

자녀의 수는 부모의 사회적 지위와 부를 보여 주는 지표였다. 인간관계가 성공의 열쇠라 믿는 소우의 부모는 치안청의 고위 간부인 킴의 아버지와 친해질 기회를 노리고 있었다. 그래서 소우가 킴의 집에서 놀겠다고 하면 기꺼이 허락했다. 킴이 덧붙였다.

"월요일까지 사흘 연휴니까 이틀은 맘대로 놀 수 있어. 술 좀 챙겨 와."

"너는 여행 안 가?"

킴이 소우의 목을 옆구리에 끼고 조였다.

"내가 애냐? 엄마 아빠 손잡고 여행 가게?"

킴이 휘파람을 불며 가 버렸다. 소우는 킴의 가슴에 눌렸던 머리 뒷부분을 만져 보았다. 머리가 물렁해진 느낌이었다.

'킴도 내 마음을 알고 있는 건가?'

알면서도 불렀다면 동의한다는 뜻이다. 혹시 킴도 같은 증상이라면? 상상하지 않으려 할수록 상상이 됐다. 소우의 얼굴이 빨개졌고 온몸에 열이 올랐다. 무엇보다 뜨거운 부분은 따로 있었다.

집에 도착하자마자 소우는 술을 찾아 집 안을 뒤졌다. 식품 저장고에서 와인 몇 병을 찾았다. 킴은 밋밋한 과실주보다 독한 증류주를 더 좋아할 것 같았다. 그렇지만 소우는 아직 음주 면허가 나오지 않아 술 가게에 갈 엄두가 나지 않았다.

소우는 와인 두 병을 종이봉투에 담아 가방에 넣었다. 약속 시간이 가까워질수록 소우의 심장이 바쁘게 뛰었다. 저녁때가 되었지만 아무것도 먹을 수 없었다. 이러다가는 와인병을 따기 전에 가슴이 먼저 터져 죽을 것만 같았다. 소우는 집을 나가기 전 샤워를 하고 속옷도 갈아입었다.

문을 열자 시끄러운 음악 소리가 밀려 나왔다. 킴이 안쪽에서 소리를 질렀다.

"빨리 문 닫아, 우리 옆집 아줌마 신고쟁이야."

거실을 오가는 친구들이 보였다. 농구부와 수영부 아이들이 다와 있었다. 소우가 와인을 꺼내자 킴이 소우의 볼을 잡고 흔들었다.

"누가 모범생 아니랄까 봐!"

테이블 위에는 독한 증류주들이 늘어섰고 달콤한 술 냄새가 코를 찔렀다. 다들 벌써 얼굴이 붉었다. 쿠니리가 술잔을 내밀었다.

"지각이니까 일단 마셔."

소우와 쿠니리의 손이 부딪치며 술잔에서 술이 넘쳤다. 쿠니리가 잔 바닥에 맺힌 술 방울을 핥았다. 분홍색 뱀 같은 혀가 보였다. 쿠니리가 웃으며 잔을 다시 채워 내밀었다.

"못 마시는 사람이 우리 농구팀 말뚝 후보다!"

쿠니리가 킴에게 들리도록 목소리를 높였다. 수영부 친구들과 떠들던 킴이 입을 다물고 소우를 지켜보았다. 눈길이 모두 소우에게 몰렸다. 시끄럽던 이야기 소리가 잦아들고 음악 소리만 거실에 울려 퍼졌다. 소우는 지금까지 증류주를 마셔 본 적이 없었다. 술이라면 와인 몇 모금이 고작이었다.

킴과 눈이 마주치자 소우가 입술에 잔을 댔다. 향긋하면서 독한 술 냄새에 코가 마비됐다. 소우는 첫 모금을 살짝 맛보고 나머지를 꿀꺽꿀꺽 삼켜 버렸다. 식도가 타는 듯하더니 배 속이 갑자기 꿈틀거렸다. 소우는 입을 꾹 다물고 숨을 멈췄다. 조금이라도 빈틈이 있으면 삼킨 술이 식도를 거슬러 올라 용처럼 튀어나올 것 같았다. 눈물이 핑 돌고 코가 찡했지만 끝까지 버텼다. 마구 날뛰던 배 속의 용이 잠잠해졌다. 소우가 참았던 숨을 내쉬었다. 입 속에서 불이 나가는 것 같았다.

소우가 술잔을 가득 채워 쿠니리에게 내밀었다. 기세 좋게 술잔을 들이켠 쿠니리가 갑자기 입을 막더니 화장실로 달려갔다. 지켜보던 친구들이 손뼉을 치며 웃었다. 킴의 박수 소리가 가장 컸다.

깜빡 기억이 끊겼던 소우가 겨우 정신을 차렸다. 친구들이 여기저기 쓰러져 있었다. 가장 먼저 토한 덕분에 가장 끝까지 버틴 쿠니리마저 2층으로 바람을 쐬러 갔다가 계단에 앉아 잠이 들었다. 소우는 가물거리는 눈에 힘을 줘 시계를 바라보았다. 밤 11시, 집에 돌아갈 시간이었다.

소우가 비틀거리며 문을 향해 걸었다. 바닥에 누워 있던 누군가가 소우의 바지 자락을 잡아당겼다. 소우가 넘어지자 밑에 깔린 킴이 말했다.

"어디 가? 오랜만에 왔는데 자고 가야지."

열기로 침침했던 소우의 눈앞이 환해졌다. 웃으며 소우를 바라보는 킴의 입에서 달콤하고 뜨거운 숨결이 흘러나왔다. 깜빡 잊고 있었다는 듯 배뇨기가 다시 팽창하기 시작했다. 킴이 비틀비틀 소우를 잡아끌었다.

"졸린다. 2층으로 가자."

소우는 자꾸 넘어지려고 하는 킴을 부축했다. 킴은 키가 커서 부축하기가 힘이 들었다. 소우는 킴의 한쪽 팔을 목에 두르고 다른 팔로 킴의 허리를 안았다.

'어?'

소우는 깜짝 놀랐다. 운동을 할 때 킴의 몸은 돌덩이였다. 부딪히면 멍이 들기도 했다. 그런데 지금 킴의 허리는 물 풍선처럼 부드러웠다. 손가락으로 누르면 한없이 빠져 들어갈 것 같았다. 소우는 킴의 허리를 안은 손에 힘을 주지 못했다.

방으로 들어오자 킴이 침대에 벌렁 드러누웠다.

"너도 누워."

소우는 가까스로 킴 옆에 앉았다. 온몸이 타 버릴 것처럼 뜨거웠다. 혈관에 남은 술기운이 단숨에 날아갈 만큼 강렬한 열기였다. 술기운이 사라지자 갈증이 남았다. 물로는 해결할 수 없는 갈증이었다. 킴이 눈을 감고 말했다.

"쿠니리한테 안 밟히려면 정신 좀 차려."

킴은 기분이 좋은 듯 자꾸 웃었다. 소우는 셔츠 자락 사이로 드러난 킴의 맨살에 손가락을 얹었다. 탄력 있고 따뜻했다. 향기마저 나는 것 같았다. 소우는 눈을 감았다. 킴이 말했다.

"너 요즘에 정신이 딴 데 가 있는 것 같다."

소우의 정신은 분명 다른 곳에 가 있었다. 손가락 하나가 닿았던 곳에 손가락 둘이, 셋이, 손바닥 전체가 닿았다.

"야, 간지러워!"

킴이 킬킬대자 소우의 긴장이 풀렸다. 손을 쳐 낼 줄 알았는데 킴은 그저 웃을 뿐이었다. 소우는 입 안 가득 고인 맑은 침을 꿀꺽 삼켰다. 이제 소우의 손은 다른 느낌을 원하고 있었다. 킴의 가슴을 생각하자 소우는 머릿속이 하얗게 타 버릴 것 같았다.

소우는 킴의 속눈썹이 이렇게 긴 줄 몰랐다. 날이 선 코와 그 아래 인중의 솜털이 보였다. 붉게 달아오른 입술에 눈길이 닿는 순간 소우는 심장이 멎을 것처럼 아팠다. 손에 집중되었던 온몸의 감각이 순식간에 입술로 몰려들었다.

소우는 천천히 킴의 입술을 향해 다가갔다. 뜨거운 숨결이 소우의 얼굴을 간질였다. 조금씩 가까워지던 두 입술이 결국 맞닿았다. 첫 느낌은 뜨겁고 부드러웠다. 킴의 입술은 불덩이였다. 소우는 온몸이 초콜릿처럼 녹아내리는 것 같았다.

킴이 번뜩 눈을 떴다. 열이 올라 충혈되었던 킴의 눈에서 서늘한 기운이 느껴졌다. 킴은 움직이지 않았다. 눈을 뜨고 천장을 바라볼 뿐이었다. 킴의 입술이 순식간에 딱딱해졌다. 소우가 화들짝 고개를 들었다.

"이거 뭐냐?"

킴이 소우를 밀치고 벌떡 일어나며 소리쳤다.

"무슨 짓이냐고!"

"너희 둘!"

킴과 소우가 동시에 고개를 돌렸다. 열린 방문 앞에 쿠니리가 서 있었다.

"난 봤다! 다 봤어!"

쿠니리가 쿵쿵거리며 계단을 내려갔다. 소우도 그 뒤를 따라 밖으로 달려 나갔다.

조용한 밤거리를 급히 달려가는 발소리가 열린 창문을 통해 들려왔다. 멀어지는 그 소리를 들으며 킴이 손등으로 입술을 거칠게 문질렀다.

캥거루 사냥

연휴인 월요일에도 소우는 몸이 불편하다며 방에 틀어박혔다.

"집에서 이러지 말고 의료원에 가자."

부모님이 방에 들어올 때마다 소우는 돌아누워 손을 내저었다.

"괜찮아요. 혼자 있을래요."

"괜찮지 않아. 너 어제부터 쭉 굶었잖아."

"제발 좀!"

소우의 목소리가 높아지자 방문이 조용히 닫혔다.

낮이었지만 차광막으로 창을 가린 방 안은 한밤중처럼 어두웠다. 지금 소우에게 필요한 것은 잠이었다. 잠을 가져다줄 수면제였다. 소우는 이틀 내내 잠을 자지 못했다. 얼핏 잠이 들었다가도 번쩍 정신이 들곤 했다.

'미쳤다. 미친 게 틀림없다. 어쩌자고 그런 짓을 했을까?'

소우는 머리가 터질 것만 같았다. 일주일 동안 잠들었다가 깨어날 수 있다면, 문득 눈떠 보니 모든 게 꿈이라면 얼마나 좋을까.

동굴처럼 조용한 방 안에 있으니 밖에서 나는 소리가 증폭되어 울렸다. 지나가는 자동차, 사람들의 발소리, 어디선가 문 닫는 소리, 누군가 웃으며 뛰어가는 소리.

소우는 새로운 소리가 들릴 때마다 신경이 곤두섰다. 당장이라도 치안원이 문을 두드릴 것 같았다. 소우는 인형 눈처럼 굳어 버렸던 킴의 눈동자를 떠올렸다. 술에 취했던 킴이 단번에 정신을 차릴 만큼 명백한 성적 행동, 금지된 범죄를 저지른 소우에게 킴은 어떻게 나올까?

킴은 가장 소중한 친구였다. 어릴 때부터 소우를 위해 싸웠고, 커서는 소우를 위해 복합 예방 접종까지 대신 맞았다. 소우를 농구 팀에 받아 주고 시합에서 뛰게 해 줬다. 소우의 추억에는 늘 킴이 웃고 있었다. 소우는 킴이 보고 싶었다. 무릎을 꿇고 사과하고 싶었다. 킴에게 안겨 울고 싶었다.

'정말 미안해!'

하지만 킴을 찾아갈 자신이 없었다. 스스로도 자신을 용서할 수 없는데 킴은 더할 것이다. 성범죄 대상이 되었다는 불쾌감에 다른 사람도 아닌 소우가 그런 짓을 저질렀다는 배신감이 더해졌을 것이다.

화요일 새벽이 되었다. 어둠 속에서 소우는 마음을 정리했다. 소우는 빈속에 차가운 물을 벌컥벌컥 들이마셨다. 창문을 가린 차광막을 열고 환기를 했다. 시원하고 맑은 공기가 흘러 들어왔다.

창밖이 환해졌다. 거리에 사람들이 오가기 시작했다. 소우는 어제와 같은 하루를 시작할 수 있는 사람들이 부러웠다.

조심스러운 노크 소리가 방에 울려 퍼졌다. 소우의 어머니였다.

"좀 어떠니? 아침 먹을 수 있겠니?"

소우가 고개를 끄덕였다. 먹고 싶지 않았지만 기운을 차려 갈 곳이 있었다.

집 앞에서 한참을 기다리자 킴이 나왔다. 킴은 소우를 무시하고 앞만 보며 걸었다. 킴의 뒤를 따라가며 소우는 무슨 말을 어떻게 해야 할지 답답했다. 차라리 화를 낸다면 좋겠는데 킴은 바위처럼 묵묵했다.

학교가 점점 가까워졌다. 소우가 입을 열었다.

"미안해. 나도 내가 왜 그랬는지 잘 모르겠어."

"꺼져."

소우가 멍한 얼굴로 킴을 바라보았다. 킴이 앞을 보며 말했다.

"두 번 말하게 하지 마, 죽여 버릴 테니까."

소우는 선 자리에서 움직이지 못했다. 킴이 멀어졌다.

"난 다 봤지."

쿠니리가 옆을 지나가며 흥얼거렸다.

"난 다 봤다. 난 다 봤어."

"뭘 봤는데?"

함께 걷던 친구가 묻자 쿠니리는 소우를 보며 해맑게 웃었다. 쿠니리가 이렇게 나온다면 학교에 소문이 퍼지는 것도 시간문제였다. 소우는 교문 안으로 들어설 수가 없었다.

시아가 사라졌다. 숙소에서도 양육원에서도 시아를 찾을 수가 없었다. 모두 조용한 걸 보니 도망이나 사고는 아닌 게 분명했다. 시아 대신 지니와 한 조가 된 매지가 투덜거렸다.

"여긴 왜 이렇게 비밀이 많은지 몰라. 짜증 나, 정말!"

매지가 투덜거렸다.

클럽에 온 남자들은 아기를 보석 다루듯 했지만 그 보석은 다루기 힘든 보석, 살아 있는 보석이었다. 평생 아기를 한 번도 안아 보지 못한 남자들에게 아기 분유를 먹이고 트림을 시키고 기저귀를 갈아 주는 일, 아기와 눈 맞추며 놀아 주는 일이 쉬울 리 없었다.

남자들은 보모의 도움을 받아 아빠 역할을 해냈고 곧 그 경이로운 체험에 중독되었다. 간혹 분유를 먹인 다음 등을 너무 힘차게 두드려 아기가 토할 때도 있었다. 시큼한 냄새가 나는 뜨뜻한 토사물에 옷이 젖었지만 남자들은 오히려 박수를 쳤다. 남자들은 토사물을 대충 닦아 내고 그대로 집으로 돌아가 그날 입은 옷을 기념품으로 간직했다. 기저귀를 갈 때도 소변보다는 대변이 더 환영을 받았다. 다압에서 온 신참 보모들은 렌막 남자들이 변태가 아닐까 하고 입을 모았다.

가끔 술에 취해 거칠어지는 손님이 있었지만 차분히 다독이면 대부분 수그러들었다. 지니는 나이 많은 남자들이 덩치 큰 아기처럼 느껴졌다.

매지는 불만이 많았다. 클럽에서 매지는 보모 이상도 이하도 아니었다. 매지는 남자들의 무관심을 모욕으로 받아들였다. 클럽에 나가게 된 매지는 화장을 하고 다압에서 가져온 예쁜 옷을 입었다. 렌막 여자들은 거의 입지 않는, 짧고 얇고 붙고 파인 옷이었다.

"두고 봐. 남자는 다 똑같으니까!"

자신 있게 클럽으로 출근한 매지는 남자들이 다 똑같지 않다는 사실을 배웠다. 어떤 손님은 매지가 불쾌하다며 다른 보모를 요구했다. 양육원장에게 혼이 난 매지는 다시 보모 유니폼을 입었다. 매지는 지니를 붙잡고 하소연을 했다.

"여기 남자들 왜 이래? 수녀처럼 앉아서 자장가나 부르면 우린 어떻게 돈을 벌어?"

"왜? 난 괜찮은데."

"이건 내 자존심 문제야."

매지가 입술을 지그시 깨물었다. 하지만 끙끙대던 매지도 결국 자기 자리를 찾아냈다. 주연이기를 포기하고 조연 자리를 인정한 것이다. 매지는 타고난 연기력으로 상냥한 아내이자 아기의 엄마 역할을 완벽하게 해냈다.

"렌막 남자들은 어린 애만 좋아해. 별수 있어? 손님이 왕인데."

일단 손님들이 원하는 것이 무엇인지 깨닫자 매지의 매상이 껑충 올랐다. 새로운 기술을 개발한 것이다.

"요즘 아빠들 사이에서는 사랑하는 아기한테 이름 새긴 금 목걸이를 선물하는 게 유행이래요."

"우리 아기한테만 명품 유모차가 없어서 초라해 보여요."

매지는 넌지시 말을 건넬 뿐 절대 조르지 않았다. 완벽한 기회를 노려 단 한 번 쓸쓸하게 말할 뿐이지만 효과는 놀라웠다. 손님들은 아기에게 특별한 선물을 해 주며 행복해했다.

매지는 보름 만에 금 목걸이 아홉 개를 선물받았다. 실수로 목욕탕 배수구에 빠뜨렸다고 말해 다시 받은 금 목걸이도 네 개나 됐다. 유모찻값을 준 손님도 여섯이었다. 유모차는 한 대만 샀다. 그렇게 얻은 추가 수익은 클럽이 3분의 2, 매지가 나머지를 나눠 가졌다.

일을 시작한 지 얼마 되지 않아 매지는 지니보다 몇 배나 많은 돈을 벌었다. 아기가 칭얼거려도 아랑곳하지 않고 손님이 올 때를 기다려 분유를 먹이고 기저귀를 갈았다. 휴대용 욕조를 준비해 손님과 함께 아기 목욕을 시킨 날은 클럽 캥거루가 생긴 이래 최고의 매출을 올렸다. 진다이가 아기 목욕을 클럽 캥거루의 특별 메뉴에 올릴 정도였다. 매지는 좋은 사업 계획이 있다며 지니에게 속삭였다.

"다압에서 남자애들 데려와서 여성 전용 캥거루 클럽을 내면 어떨까?"

"여자들도 이런 데 와서 술을 마실까?"

"몰라서 그러지 알면 여자들이 더 미칠걸? 아기는 여자들이 더 좋아하잖아."

지니가 웃어넘기자 매지가 충고했다.

"너 정신 차려. 그렇게 해서 언제 빚 갚을래?"

지니가 아기를 안고 방으로 들어갔다. 오늘의 첫 손님 다미 아빠가 벌떡 일어나 아기를 받았다. 지니는 일찌감치 분유를 타서 다미 아빠에게 내밀었다. 오늘부터 손님한테 조심스럽게 금 목걸이 이야기를 꺼내 볼까 했는데 다미 아빠가 첫 손님이라니 쓴웃음이 나왔다.

"잠깐 못 봤는데 많이 컸네."

"네, 몸무게도 300그램이나 늘었어요."

아기가 분유를 다 먹자 다미 아빠가 등을 두드렸다. 이제는 제법 익숙해 보였다. 아기가 요란하게 트림을 했다. 다미 아빠가 눈을 감고 숨을 길게 들이마셨다.

"난 이 향기가 정말 좋아."

다미 아빠가 아기를 내려놓으며 웃었다.

"지니 아가씨, 같이 한잔하자. 나 이제 캥거루에 못 와."

지니는 반갑고 섭섭한 마음으로 다미 아빠가 내민 술잔을 비웠다. 둘은 잔을 주고받으며 작은 병 하나를 금방 비워 냈다. 독한 증류주여서 술기운이 빠르게 올라왔다. 다미 아빠가 통 크게 큰 병을 주문했다. 웨이터가 기분 좋은 얼굴로 술과 새 안주를 늘어놓았다.

잠든 아기의 숨소리가 방 안에 울려 퍼졌다. 옆방에서 술 취한 목소리로 부르는 자장가가 어렴풋이 들렸다.

다미 아빠가 아기를 바라보며 물었다.

"그런데 말이야, 다미 부모는 다미가 이런 데 나오는 거 아나?"

오렌지를 먹던 지니가 사레들렸다. 지니는 눈물이 맺힐 때까지 기침을 했고 숨이 진정된 뒤에도 대답을 하지 못했다. 사실 지니도 궁금했다.

다미 아빠가 웃었다.

"뭔가 수수께끼가 있겠지만 꼭 알고 싶지는 않아. 덕분에 나 같은 사람도 아기랑 시간을 보낼 수 있으니까."

지니가 화제를 바꿨다.

"오늘이 왜 마지막이에요?"

"오지 수당이 나오는 시골로 직장을 옮겼어. 내일 떠날 거야."

지니는 술을 그만 마셔야겠다고 생각했다. 다미 아빠와 속도를 맞춰 급하게 마시다가 주량을 넘겨 버렸다. 얼굴에 열이 올라 앞이 흐릿해졌다. 눈에 힘을 주는 지니를 보고 다미 아빠가 웃었다.

"지니 아가씨에게 줄 선물이 있지."

다미 아빠가 커다란 가방에서 초록색 코코넛을 여러 개 꺼냈다. 다압산이라는 원산지 표시 스티커를 보자 지니의 입 안에 맑은 침이 솟았다. 코코넛 즙을 마시고 하얀 속살을 오도독 씹으면 신선하고 고소한 식물성 지방의 맛이 느껴진다. 소금과 설탕을 번갈아 찍어 먹으면 더 맛있다.

지니가 코코넛을 하나씩 흔들고 두드려 보았다.

"이게 맛있겠어요. 아니, 아니, 이게 더 맛있어."

"흔들면 아나?"

"그럼요, 소리가 달라요."

다미 아빠가 기분 좋은 얼굴로 코코넛을 하나 집어 들었다.

"나도 하나 마셔 볼까? 이 집에 코코넛 따개가 있겠지?"

"찾아볼게요."

지니가 커다란 쟁반에 코코넛을 올렸다. 다미 아빠가 문을 열어 주었다. 코코넛이 여섯 개나 되니 꽤 무거웠다. 둥글둥글한 코코넛이 떨어질까 봐 지니는 조심스레 걸었다.

지니가 들고 온 코코넛을 보고 주방장이 웃었다.

"별 손님도 다 있다. 비싼 술 마시러 와서 그런 걸 먹겠대?"

"이게 얼마나 맛있는데요. 잘 알지도 못하면서!"

지니가 발끈하자 주방장이 놀라는 척했다.

"어이구, 지니도 화낼 줄 아는구나."

주방장이 창고를 뒤적여 먼지가 쌓인 코코넛 따개를 꺼내 왔다. 지니는 쌓인 먼지를 닦고 칼날을 씻은 다음 따개를 코코넛에 꽂아 고정시켰다. 오랫동안 쓰지 않아서 빡빡한 나사식 손잡이를 돌리느라 지니의 얼굴이 빨개졌다. 주방장이 도와주겠다고 나서는데 마침 다른 요리 주문이 들어왔다.

지니가 끙끙대며 코코넛 하나를 땄다. 두 번째는 첫 번째보다 쉬웠다. 세 개를 따고 나자 팔에 힘이 빠졌다. 생각해 보니 모두 다 딸 필요는 없었다.

지니가 바쁘게 요리를 하는 주방장 옆에 빨대 꽂은 코코넛 하나를 내려놓았다. 따지 않고 남은 코코넛은 냉장고에 넣은 다음 양손으로 코코넛을 들고 주방을 나섰다. 빈 술병과 잔을 얹은 쟁반을 들고 오던 웨이터가 지니에게 말했다.

"여기서 뭐 해?"

"손님 심부름 갔다 왔어요."

"방 비었던데?"

지니의 걸음이 빨라졌다. 마지막이라고 했는데 인사도 못 했다. 양손에 코코넛을 들고 있어 문손잡이를 돌릴 수가 없었다. 지니는 코코넛 두 개를 가슴에 안고 한 손으로 문을 열었다.

방은 텅 비어 있었다. 테이블 위에 빈 안주 접시가 없었다면 방을 잘못 찾아왔다고 착각했을 것이다. 지니는 갑자기 불안한 느낌이 들어 방 안을 살펴보았다. 조명이 닿지 않는 테이블 밑과 푹신한 의자 옆, 방에 딸린 화장실에도 없었다. 다미 아빠가 가 버렸다. 9번 아기와 함께.

코코넛이 바닥에 굴러떨어졌다. 지니는 클럽 입구로 달려갔다.

"손님이 아기를 훔쳐 갔어요!"

매니저의 얼굴이 굳었다. 지니가 매니저를 따라 엘리베이터에 탔다. 매니저가 입구를 지키던 검은 양복 차림의 남자들에게 명령했다.

"방금 전에 혼자 가방 들고 나간 놈 잡아."

남자들이 달려 나갔다. 매니저가 무전기에 대고 사람을 더 보내 달라고 소리쳤다. 지니는 밖으로 나가 대낮처럼 환한 상업 지구의 밤거리를 바라보았다. 쇼핑몰의 조명과 대형 광고판, 우뚝 솟은 빌딩 사이로 수많은 사람들이 오갔다.

지니는 주먹을 불끈 쥐고 거리로 달려 나갔다. 다미 아빠를 100미터 떨어져서 본다 해도 찾아낼 자신이 있었다.

'아기야, 어디 있니!'

지니는 아기 이름을 부르고 싶었다. 지니의 목소리를 들으면 아기가 대답할 것 같았다. 하지만 지니는 아기의 진짜 이름을 알지 못했다. 손님들이 붙여 준 이름을 기억하려 애썼을 뿐이었다.

"미안해, 아기야, 정말 미안해!"

멀리 눈에 익은 뒷모습이 보였다. 지니는 가쁜 숨을 뱉어 가며 남자에게 다가갔다. 지나가는 사람들과 계속 부딪혔지만 사과할 겨를이 없었다. 가까워질수록 분명했다. 흰머리 다미 아빠였다. 지니의 귀에 심장 뛰는 소리가 크게 울렸다. 지니가 손을 뻗어 다미 아빠의 어깨를 잡으려는 순간 번쩍 번개가 보였다.

"아!"

지니가 쓰러지면서 비명을 질렀다. 지니와 정면으로 부딪힌 남자도 길바닥에 주저앉았다. 다미 아빠가 비명 소리에 뒤를 돌아보고는 도망치기 시작했다. 지니가 애써 일어섰지만 발목이 시큰거려 달릴 수가 없었다. 지니는 부딪힌 남자에게 부탁했다.

"저 사람 좀 잡아 주세요!"

남자가 벌떡 일어나 달려갔다. 지나가던 할머니가 걸음을 멈추고 물었다.

"무슨 일인가요? 치안원 불러 줄까요?"

"아니요, 괜찮아요."

사람들의 시선에 등이 서늘해진 지니가 이를 악물고 절뚝거리며 걷기 시작했다. 지니는 숨어야 했다. 밝은 곳일수록 위험했다. 건물 모퉁이를 돌자 공원 울타리가 보였다. 다미 아빠를 쫓아갔던 남자가 지니를 찾아 두리번거리며 돌아와서 말했다.

"놓쳤어요."

지니가 입술을 깨물었다. 9번 아기의 터질 듯한 볼과 엉덩이, 동그란 눈, 긴 속눈썹과 볼록한 배꼽, 짧고 통통한 팔다리가 떠오르자 눈에 눈물이 고였다.

"괜찮아요?"

남자가 조심스럽게 지니에게 물었다. 지니의 눈에 고여 있던 눈물이 주르륵 흘러내렸다. 지니가 비틀거리자 남자가 반사적으로 지니의 팔을 붙잡았다. 지니의 어깨가 들썩거렸다.

곤란한 건 남자였다. 여자 기능 복무원을 끌어안고 있다가 치안원이라도 나타나면 큰일이었다. 남자가 지니의 팔을 슬그머니 놓고 돌아섰다.

혼자 남은 지니가 눈물을 닦으며 주위를 둘러보았다. 상업 지구의 고층 건물들이 공원을 둘러싸고 있었다. 길을 잃었다는 것을 깨닫자 지니는 덜컥 겁이 났다.

걸어가는 남자의 등 뒤에서 다리 다친 강아지 소리가 났다. 애써도 참지 못한 지니의 울음소리였다. 그 소리를 듣자 남자는 걸음을 멈출 수밖에 없었다.

지니가 훌쩍이며 물었다.

"캥거루 어디 있어요?"

지니와 남자는 아픈 발목으로 한 시간이 넘게 상업 지구를 걸어

다녔지만 클럽 캥거루를 찾지 못했다. 상업 지구는 넓었고 클럽의 출입구는 은밀했다. 잠시 숨을 돌리는 틈을 타 지니가 말했다.

"도와줘서 고마워요. 제 이름은 지니예요. 그쪽은요?"

"소우예요."

서로 같은 나이라는 걸 알게 되자 둘은 멋쩍게 웃었다. 그때였다. 지니는 수줍게 웃는 소우의 어깨 너머로 작은 캥거루 그림을 발견했다. 반가워하며 클럽 입구를 향해 한 걸음 내디딘 지니의 얼굴이 순식간에 겁에 질렸다.

방패를 든 치안원 수백 명이 건물 반대쪽에서 줄줄이 나타나더니 건물 전체를 에워쌌다. 순찰 차량 수십 대가 경광등을 번뜩이며 거리를 통제했다. 차륜형 장갑차가 이동해 클럽의 출입구를 봉쇄했고 검은 대형 버스에서 내린 치안청 타격대가 소음기 달린 기관단총을 앞세워 건물로 진입했다.

방송용 조명이 환하게 켜진 가운데 마이크를 든 기자가 카메라를 향해 떠들었다.

"자정을 막 넘긴 시간, 렌막시티 치안청은 타격대를 동원하여 범죄 현장을 급습했습니다. 치안청에 따르면 이 빌딩 지하에는 고급 클럽과 양육원이 연계된 새로운 형태의 불법 유흥업소가 있다고 합니다. 밀입국한 여성들이 감금 상태로 클럽에서 유흥 접대를 강요당했다는 정황도 포착되었습니다. 양육원 또한 무허가 시설입니다. 빌딩 전체가 불법으로 중첩된 셈입니다. 아! 속보가 들어왔습니다. 작전에 성공했다는 무전이 확인되었습니다. 지금 타격대 병력이 용의자들을 체포해 건물 밖으로 나오고 있습니다."

수갑을 찬 매니저와 웨이터들 뒤로 보모들이 보였다. 마지막으로 필사적으로 얼굴을 가린 클럽 손님들이 나왔다. 헬멧을 쓰고 기관 단총을 등 뒤로 돌려 맨 타격대원들이 아기들을 조심스럽게 안고 나왔다.

치안원 한 명이 지니와 소우에게 외쳤다.

"길 비켜 주세요. 차량 이동합니다."

소우가 떠나려고 하자 지니가 팔을 붙잡았다. 지니는 붙잡은 팔을 절대 놓지 않았다.

새벽 34번 도로

"학교 늦겠다!"

아래층에서 고함 소리가 들렸다. 바닥에서 잠들었던 소우와 침대에 누워 있던 지니가 동시에 벌떡 일어났다. 소우가 급히 소리쳤다.

"일어났어요. 지금 내려가요."

머리칼이 헝클어진 지니가 당황한 얼굴로 소우를 바라봤다. 소우가 속삭였다.

"금방 올게요."

아래층에서는 소우의 어머니가 거울 앞에서 옷매무새를 가다듬고 있었다.

"뭐 하다가 새벽에 들어왔니? 저녁에 나랑 이야기 좀 하자."

"아버지는요?"

"벌써 출근하셨지. 나 간다."

소우는 현관문을 잠그고 조용히 아침을 차렸다. 과일을 자르고 잼과 버터를 꺼냈다. 빵을 굽고 달걀도 몇 개 삶았다.

둘은 말없이 아침을 먹었다. 소우는 텅 빈 배 속에 음식이 들어가자 머리가 조금씩 맑아지는 것 같았다. 그렇잖아도 이것저것 복잡한데 괜히 일을 더 만들 필요는 없었다. 소우는 마음을 정했다. 아침을 먹여서 내보내자. 학교 가는 길에 헤어지면 된다. 소우는 아무것도 바르지 않은 빵을 오랫동안 씹었다. 너무 구웠는지 쓴맛이 났다.

지니는 소우가 무슨 생각을 하는지 알 것 같았다. 지니가 먼저 입을 열었다.

"우리 나이도 같은데 말 놓자. 응?"

지니는 소우에게 핵심만 간단하게 말했다. 렌막에 살고 싶어서 밀입국했다고, 다압으로 돌아가고 싶지 않다고, 도와 달라고.

"네가 도와주지 않으면 난 당장 체포될 거야. 다압으로 강제 송환되느니 죽는 게 나아."

소우가 고개를 숙였다. 지니의 눈을 보면 거절할 수가 없었다. 그렇지만 거절해야 했다. 가뜩이나 어려운 상황을 더욱 꼬이게 할 수는 없었다.

"어제 만났던 곳으로 데려다줄게. 내가 도와줄 수 있는 건 거기까지야. 널 도와줄 다른 사람을 찾아보는 게 좋겠어."

소우가 먹던 빵을 내려놓고 일어났다.

"잠깐!"

지니가 소우를 붙잡으려고 따라 일어섰다. 다리에 갑자기 힘을 주자 어젯밤 넘어지며 다친 발목이 시큰거렸다. 지니가 비명을 지르며 주저앉았다.

소우가 얼음 봉지를 만들어 수건으로 감싼 다음 지니의 발목에 대 주었다. 지니가 소우의 손을 잡고 애원했다.

"나 나쁜 애 아니야. 다압에서 태어난 게 죄는 아니잖아."

소우가 지니의 손을 풀려고 하자 지니는 더 힘을 줬다. 소우는 난처했다.

"난 아무 힘이 없어."

소우가 지니의 손등을 다독이며 말했다.

"그 대신 너를 도와줄 사람을 찾아볼게. 기술 이주민들은 출신지별로 강하게 뭉쳐 있다고 들었어. 그러니까 다압 출신을 찾아서 너랑 연결시켜 줄게. 나보다 고향 사람이 더 도움이 될 거야."

소우는 지니에게 새 칫솔과 수건을 꺼내 준 다음 무거운 걸음으로 학교로 향했다.

소우는 킴과 단둘이 이야기할 기회를 노렸지만 킴 주위에는 친구들이 끊이지 않았다. 킴 옆에서 맴도는 소우를 보고 쿠니리가 이죽거렸다.

"킴이 너만 챙길 때부터 알아봤어. 더러워!"

"그렇게 말하지 마."

소우는 점점 힘이 빠졌고 쿠니리는 점점 힘이 솟았다.

"킴이 너만 싸고도는 이유가 그거였어?"

"그만해, 킴이 듣겠다."

다른 친구가 말렸지만 쿠니리는 듣지 않았다.

"듣고 반성하라고 해. 주장이면 주장이지 자기가 무슨 왕인 줄 알아? 다 제멋대로야!"

쿠니리의 목소리는 킴에게 들릴 만큼 컸다. 킴이 차분히 말했다.

"잘한 건 모르겠지만 반성할 만큼 잘못한 건 없는데?"

쿠니리는 전과 달리 기가 죽지 않았다.

"너희 정말 뻔뻔하다. 그런 짓을 해 놓고도 할 말이 있냐?"

친구들이 주위에서 웅성거렸다.

"무슨 소리야? 무슨 짓을 했는데 그래?"

킴이 입술을 질끈 깨물었다. 소우는 킴이 모욕당하는 걸 보고만 있을 수 없었다. 소우가 나서려는 순간, 킴이 쿠니리에게 말했다.

"경고하는데 그만해."

쿠니리가 피식 웃었다.

"아직도 분위기 파악이 안 되나 보지? 내가 한마디만 하면 너희는 끝이야."

킴이 입술을 깨물자 쿠니리가 흥얼거렸다.

"누구랑 누구랑 뭘 했을까? 침대에서 단둘이 뭘 했을까?"

친구들이 후렴처럼 물었다.

"뭘 했는데?"

킴의 얼굴에는 표정이 없었다. 지금까지 누구도 킴을 놀리지 못했다. 다들 쿠니리가 왜 저러는지, 킴은 왜 가만히 있는지 궁금한 표정이었다. 쿠니리가 실실 웃으며 킴에게 다가갔다.

"나한테 까불지 마. 내가 입만 열면!"

쿠니리가 손가락으로 킴의 어깨를 밀자 킴의 주먹이 번개처럼 쿠니리의 옆구리에 꽂혔다. 쿠니리의 입에서 바람 소리가 새어 나왔다. 얼굴이 파랗게 질린 쿠니리가 숨도 쉬지 못하고 비틀비틀 책상에 기댔다. 킴이 말했다.

"말해! 말해 봐!"

강세를 둔 말끝마다 주먹이 날아갔다. 킴의 발놀림은 가벼웠고 주먹은 묵직했다. 쿠니리가 배를 붙잡고 바닥에 쓰러졌다.

"이게 마지막 경고다."

킴이 친구들을 헤치고 교실 밖으로 나가 버렸다. 소우가 따라갔지만 킴은 수영장 건물로 들어가 버렸다. 오후 수업을 들을 생각이 없는 것 같았다. 수업 들을 생각이 없는 건 소우도 마찬가지였다. 쿠니리는 당하고만 있을 녀석이 아니었다. 여전히 약점을 쥐고 있으니 어떻게든 복수를 할 것이다.

소우는 집에서 기다리고 있을 지니를 생각했다. 빨리 해결하지 않으면 또다시 밤을 함께 보내야 한다. 소우가 심호흡을 하고 스스로를 타일렀다.

"하나씩 하자. 하나씩!"

소우는 한 번도 들어가 본 적이 없는 지하 보일러실과 정수실, 난방 조절실을 뒤져 시설 담당 기능 복무원을 찾아냈다.

다압에서 온 밀입국자를 도와 달라고 말하자 복무원이 고개를 저었다.

"난 범죄에 끼어들고 싶지 않아."

소우는 포기하지 않았다.

"그럼 다른 사람이라도 소개시켜 줘요. 안 그러면 지니는 오늘도 내 방에서 자야 해요."

"지니?"

소우가 고개를 끄덕이자 기능 복무원이 한숨을 쉬며 말했다.

"일단 한번 만나 보자."

소우가 기운차게 방문을 열며 지니에게 말했다.

"도와줄 사람을 데려왔어. 너랑 같은 다압 사람이야."

소우의 뒤에서 투가 걸어 나왔다.

"설마 했는데 정말 너구나."

문을 향해 다가오는 발소리에 잔뜩 긴장했던 지니의 눈에서 눈물이 주르륵 흘렀다. 투를 보자 그동안 겪은 고생이 새삼스럽게 사무쳤다. 이 순간을 위해 모든 걸 견뎠다고 말하고 싶었다. 지니가 달려들어 와락 투를 껴안았다.

　투가 지니의 등을 다독이며 물었다.

　"어쩌려고 밀입국을 했어?"

　지니의 목소리가 떨렸다.

　"나도 렌막에서 살고 싶었어. 우리 그러기로 했잖아."

　"편지, 혹시 못 받았니?"

　투가 보낸 마지막 편지는 지니가 아르카디아에 탄 뒤에야 다압에 도착했다. 지니가 물었다.

　"무슨 편진데?"

　투가 머뭇거리다가 입을 열었다. 어차피 해야 할 이야기였다.

　"우린 삶의 목표를 너무 일찍 정한 것 같아. 서로만 바라보지 말고 목표를 다시 정하는 게 좋겠어. 우린 좋은 친구가 될 수 있을 거야."

　"말도 안 돼!"

　지니가 소리쳤다.

　"우리가 말 한마디로 정리가 되는 사이야? 나만 바보같이 목숨을 건 거야? 도대체 왜 이러는데?"

　투가 소우를 돌아보았다.

"문 좀 닫아 줄래?"

소우가 밖으로 나가 계단에 앉았다. 뜻밖의 상황이었지만 어쨌든 소우가 할 수 있는 일은 끝났다. 방에서 둘이 다투는 소리가 들려왔다.

"이러지 마, 오빠가 나한테 이러면 안 돼."

"나도 쉽게 내린 결정 아니야."

"왜 하필 지금이야! 왜 내가 가장 힘들 때 이러냐고!"

"나는 네가 합법적으로 렌막에 오기를 기다렸어."

"뭘 기다려? 날 떼어 낼 기회를 기다려?"

"그럼 나더러 어쩌라는 거야?"

"나야말로 어쩌라고?"

"사랑이 아니라고는 안 했어. 사랑이었어."

"오빠 사랑은 겨우 이런 거야? 평생 함께 가자더니 이 년도 못 넘기고 변하는 게 사랑이야?"

"나도 쉽지 않았어. 내가 얼마나 힘들었는지 넌 몰라."

"내 이야기는 듣지도 않고 자기 말만 하고 있잖아!"

"다 설명할게, 일단 좀 들어 봐."

"필요 없어! 꺼져!"

지니가 소리를 지르며 책을 던지자 벽에 걸려 있던 액자가 떨어졌다. 킴과 소우가 함께 낚시 가서 찍은 사진이었다. 투가 고개를 내저으며 방을 빠져나왔다. 투는 소우 옆을 말없이 지나쳐 밖으로 나갔다.

지니는 방 한가운데 주저앉아 울고 있었다. 손가락 사이로 흘러나온 눈물이 바닥에 뚝뚝 떨어졌다. 소우는 할 말이 없었다. 지니는 운이 나빴다. 어젯밤에 자신이 아닌 다른 사람과 마주쳤어야 했다. 더 나이가 많고 경험이 많고 능력 있는 사람, 지니에게 무엇이 필요한지 알고 그것을 줄 수 있는 사람. 그런 사람이 어딘가 있을 테지만 지금 지니 곁에는 소우뿐이었다.

소우는 다친 고양이를 어루만지듯 지니의 어깨를 조심스레 다독였다. 시간이 지나 지니의 호흡이 진정될 때쯤 누군가 현관문을 두드렸다.

소우가 아래층으로 내려갔다. 누구든 반갑지 않았다. 문을 열자 키 큰 남자가 소우를 내려다보며 말했다.

"지니한테 떠날 때가 됐다고 전해라."

아무 대답 못 하는 소우를 보고 진다이가 소리 없이 웃었다.

진다이를 본 지니는 웃어야 할지 다시 울어야 할지 기분이 복잡했다.

"여기 있는 거 어떻게 알았어요?"

"인식표를 추적했지."

진다이가 지니를 아래위로 살피더니 고개를 끄덕였다.

"나가자. 우리는 렌막시티를 뜨기로 했다."

"우리요?"

"너 말고 운 좋은 애가 하나 더 있어."

진다이가 지니의 손목을 잡았다. 무서운 주인을 만난 개처럼 지니가 힘없이 끌려 나갔다. 소우가 재빨리 지니의 다른 손을 잡았다.

"잠깐만요. 지니는 아저씨랑 같이 안 가요."

진다이가 피식 웃으며 소우의 머리를 쓰다듬었다.

"둘 사이에 무슨 일이 있었는지 모르겠다만 이번에는 그냥 넘어가마. 순진한 학생 같은데 아무 데나 나서면 다쳐."

이죽대는 진다이의 입꼬리를 보자 소우는 더욱 지니를 보낼 수가 없었다. 소우는 재빨리 마음을 정했다.

"그럼 나도 같이 갈 거예요. 지니가 잘 가는지 봐야겠어요."

"도대체 얘 왜 이러냐?"

진다이가 묻자 지니가 고개를 숙였다.

"모르겠어요."

대답은 그렇게 했지만 지니도 궁금했다. 남자의 호의라는 건 목적이 있었다. 적어도 다압에서는 그랬다. 지니는 왠지 소우를 똑바로 바라볼 수가 없었다.

소우가 말했다.

"아저씨도 여기서 큰소리 낼 입장은 아니잖아요? 준비 끝내고 기다릴 테니까 자정쯤 오세요."

눈싸움 끝에 진다이가 떠나자 지니가 물었다.

"왜 그랬어?"

"그 사람 뭔가 냄새가 나."

지니는 그 냄새가 뭔지 알려 줄 수 없었다. 소우가 잠깐 볼일이 있다며 밖에 나가자 지니는 커튼 뒤에 숨어 창밖을 바라보았다. 서쪽 하늘이 저녁놀로 가득했다. 점점 짙어지는 저녁놀 아래 줄지어 있던 가로등이 일제히 켜졌다.

킴의 집은 걸어서 이십 분 거리에 있었다. 거실에 혼자 있던 킴의 꼬마 동생 주안이 소우를 반겼다.

"형, 우리 공원 가자!"

"다음에 가자. 킴은 방에 있니?"

"응, 달팽이 됐나 봐. 들어가서 안 나와."

소우는 심호흡을 하고 방문을 열었다. 소우를 보자마자 농구공을 집어 던지려는 킴에게 소우가 급히 말했다.

"오늘 밤 렌막시티를 떠날 거야."

킴이 우뚝 멈췄다. 소우가 말을 이었다.

"그런 짓을 해 놓고 용서를 바라는 건 아니야. 하지만 미안하다는 말은 꼭 하고 싶었어. 가장 소중한 친구에게 그런 짓을 했으니 나도 나를 용서 못 하겠어. 화가 풀릴 때까지 나를 때려도 괜찮아. 그렇지만 한 가지만은 말하고 싶어."

"그게 뭔데?"

킴의 싸늘한 목소리가 소우는 눈물 나게 반가웠다. 다시 대화가 시작된 것이다. 소우가 조심스럽게 말했다.

"갑작스러운 충동으로 그런 건 아니었어. 꽤 오래전부터 어떤 변화가 왔어. 마음과 몸, 어디가 먼저였는지는 몰라. 네가 다르게 보이면서 배뇨기의 팽창이 거의 동시에 일어났으니까."

"더러워!"

소우가 고개를 끄덕였다.

"그래, 차라리 단순한 발정이었다면 괜찮았을 거야. 하지만 심리적인 변화랑 같이 나타났단 말이야. 몇 달 동안은 너무 힘이 들었어. 그러다가 결국 그 일을 저지르고 만 거야. 술을 안 마셨다면 괜찮았을까 생각해 봤지만 그것도 아니야. 꾹꾹 억누르다가 결국 언젠가는 터져 나왔을 거야. 아무래도 병에 걸린 것 같아."

킴이 뭔가를 생각하더니 물었다.

"그래서 여길 떠나면 어딜 가겠다는 건데?"

"나도 몰라. 가 봐야 알아."

"학교는?"

"이렇게 학교에 다닐 수는 없어. 뭔가 결론을 내고 돌아올게."

킴이 고개를 끄덕이며 말했다.

"그게 나을지도 모르겠다."

"미안하다."

"할 말 다 했으면 나가."

소우가 방을 떠나자 킴이 침대 위에 털썩 드러누웠다. 바로 이 침대 위에서 소우가 입맞춤을 했다. 잠깐 잊었던 분노가 다시 살아났다.

"바보 같은 자식!"

소우는 정말 바보였다. 그래서 늘 곁에 있어 줬는데, 지켜 주고 대신 싸워 줬는데 이렇게 떠날 줄은 몰랐다.

저녁 식사를 하며 어머니가 소우에게 물었다.

"몸은 좀 괜찮아졌니?"

소우가 고개를 끄덕이며 식탁을 떠났다.

"피곤해서 일찍 잘게요. 쉬고 싶으니까 방해하지 마세요."

며칠 전부터 소우의 태도에 기분이 언짢았던 아버지가 한마디 하려고 하자 어머니가 손을 내저었다. 소우가 사라지자 아버지가 투덜거렸다.

"도대체 뭐가 문제요? 이야기를 안 하니 알 수가 있나."

"양육 안내서에 보니까 이럴 때는 그냥 지켜보면 된대요. 우리가 자기 편이라는 걸 알면 적당한 때에 스스로 입을 연대요."

"무서워서 어디 자식 키우겠소?"

"딸은 다르대요. 우리도 딸 하나 키울 수 있으면……."

"포기합시다. 내 나이가 올해 오십이오. 오십 넘은 사람은 출산 자격 검증 신청도 안 될걸?"

"오십 넘어서 허가받은 사람도 있어요."

"엄청난 부자겠지."

두 사람은 오랫동안 말이 없었다.

소우가 주방에서 챙겨 온 사과와 빵을 지니에게 건네주었다. 지니는 침대에 앉아 저녁을 먹었다. 소우가 미안해하며 말했다.

"밖에 나가면 맛있는 거 사 줄게."

지니가 웃으며 사과를 꼭지만 남기고 알뜰히 베어 먹었다.

낮 동안 지니는 텅 빈 집 안을 조심조심 돌아다녔다. 숨어 있어야 한다는 걸 알면서도 호기심을 누를 수가 없었다. 서재와 거실과 주방, 큰 침실과 욕실이 있는 1층에서 계단을 오르면 작은 거실을 가운데 두고 소우의 방과 손님방이 나왔다. 크게 화려하지는 않았지만 지니가 살던 다압의 지하 방에 비하면 궁전 같았다. 소우의 방도 깔끔했다. 또래의 남자애들에게 나는 쾨쾨한 땀 냄새나 비 맞은 강아지 냄새 같은 남자 냄새도 나지 않았다. 세탁하지 않고 구석에 처박아 둔 양말이나 속옷도 없었다.

지니는 어제 벽에서 떨어졌던 액자를 소우의 책상에서 발견했다. 키가 커서 남자처럼 보이는 여자애가 큼직한 송어가 담긴 나무 뜰채를 들고 있고, 플라이 낚싯대를 든 소우가 옆에서 웃고 있었다. 지니는 여자애를 물끄러미 바라보다가 액자를 조용히 내려놓았다.

소우는 책상 위의 액자를 바라보았다. 뒤집어 둔 액자가 바로 놓여 있었다. 지니가 말했다.

"나 때문에 무리하지 마. 혼자서도 갈 수 있어."

소우가 지니의 입술로 손을 뻗었다. 지니는 순간 얼음처럼 굳어 버렸다. 소우는 빵 부스러기를 떼어 내 지니에게 보여 준 다음 창밖으로 던졌다. 지니가 뒤늦게 손바닥으로 입가를 닦았다.

"꼭 너 때문만은 아니야. 나도 어딘가 가고 싶었어."

"진짜 같이 갈 거야?"

"끝까지는 아닐지 몰라."

지니가 고맙다고 말하려 할 때 문을 두드리는 소리가 들렸다.

"소우야, 자니?"

소우는 지니에게 급히 이불을 덮어씌웠다. 그러고는 문을 살짝 열고 고개를 내밀었다.

"막 잠들려고 했는데, 왜요?"

"이야기 소리가 들리는 것 같아서."

"밖에서 나는 소리일 거예요."

"그래? 잠 깨워서 미안하구나."

어머니가 돌아서자 소우가 문을 닫았다. 소우는 책상에 앉아 편지를 썼다. 갑자기 여행을 떠나게 되었다고, 전화할 테니 걱정하지 말라고, 사랑한다고 썼다. 편지를 책상에 올려 두고 조용히 가방을

쌌다. 두고 갈 게 많아서 가지고 갈 것은 적었다.

소우가 자기도 모르게 기지개를 켰다. 긴 하루였다. 떠나기 전에 잠시 눈을 붙이고 싶지만 침대에는 지니가 있었다. 지니가 잠시 망설이더니 벽으로 붙어 자리를 만들었다.

"괜찮아. 네 침대잖아."

소우가 머뭇거리다가 결국 지니 옆에 누웠다. 넓지 않은 침대에 둘이 누우니 조금씩 움직일 때마다 몸 어딘가가 닿았다. 그때마다 몸이 소리굽쇠처럼 진동하는 것 같았다. 소우는 팔베개를 하고 가만히 천장을 바라보았다. 숨소리만으로도 지니가 잔뜩 긴장하고 있다는 게 느껴졌다. 팔이 저렸지만 소우는 움직이지 않으려고 애를 썼다.

소우가 번쩍 눈을 떴다. 옆에는 지니가 아기처럼 잠들어 있었다. 얼굴 위에 흐트러진 머리카락이 보였다. 무심코 머리카락을 넘겨주려다가 지니의 입술 위에서 손이 멈추었다. 하얀 이 끝이 보일 듯 말 듯 살짝 열려 있는 붉은 입술이었다.

소우는 알고 있었다. 처음엔 손에서 시작되지만 절대 거기서 끝나지 않는다. 칼처럼 잘라 내지 않으면 또다시 후회하게 된다.

소우는 침대에서 살며시 일어나 창문을 열었다. 서늘한 밤공기를 마시자 마음이 가라앉았다. 창밖은 바닷속처럼 고요했다. 가끔 전조등을 밝힌 차가 어둠을 휘저으며 지나갔다.

1시가 되기 전에 커다란 승합차가 나타났다. 승합차는 전조등을 켜지 않고 그림자처럼 천천히 다가와 길가에 멈춰 섰다. 소우가 지니를 깨웠다.

"차가 왔어."

소우는 가방을 메고 창을 크게 열었다. 창밖 발코니 밑으로는 차고 지붕이 있었다. 소우가 먼저 창밖으로 나가 지니에게 손을 내밀었다. 둘은 조심스레 차고 지붕을 디딘 다음 잔디밭으로 뛰어내렸다.

승합차의 창이 열리며 진다이가 고개를 내밀었다.

둘이 타자마자 차가 출발했다. 지니는 어둠 속에서 멀어지는 소우의 집을 돌아보았다. 주택가를 벗어나 큰 도로에 들어서자 진다이가 전조등을 켜고 속도를 냈다. 진다이가 말했다.

"앞자리에 누가 있는지 봐라."

뒤로 깊이 젖혀진 조수석에는 매지가 잠들어 있었다. 지니는 반가웠지만 깊이 잠든 매지를 깨우지는 않았다. 소우가 물었다.

"이제 어디로 가요?"

"스파다인."

렌막시티에서 차로 하루 거리에 있는 중앙 내륙 자치 구역에는 은퇴한 기술 이주민들의 도시가 수십 군데 있었다. 스파다인은 그중 작은 소도시였다.

텅 빈 도심 순환 고속 도로를 달려 렌막시티를 빠져나오는 데는 한 시간도 걸리지 않았다. 건물이 점점 낮아지고 주택이 드물어지더니 잡목이 우거진 낮은 구릉이 나타났다. 자동차가 렌막시티 외곽의 농업 지구에 들어설 때쯤 지니도 잠이 들었다.

농업 지구는 끝없이 펼쳐진 밀밭이었다. 보름달이 비추는 밀밭 가운데로 뻗은 고속 도로는 흥분한 코끼리라도 잠들 만큼 단조로웠다. 새벽 3시, 속도는 변함없이 시속 100킬로미터, 평지여서 엔진 소리도 일정했다.

창밖을 바라보던 소우가 실내로 고개를 돌렸다. 지니가 소우의 어깨에 머리를 기대고 있었다. 소우는 잠시 망설이다가 창 쪽으로 붙어 앉은 다음 지니를 의자에 편하게 눕혔다. 지니는 소우의 다리를 베고 얌전히 누웠다. 운전을 하던 진다이가 입을 열었다.

"그 애가 마음에 드나?"

"그런 거 아니에요."

진다이가 코웃음을 쳤다.

"너를 위해서도 그런 게 아니길 바란다. 함부로 손대면 다쳐."

진다이는 소우가 모르는 것을 알고 있는 듯했다. 소우가 조심스레 물어보았다.

"왜 이렇게 도망치듯 움직여요?"

진다이가 피식 웃었다.

"뉴스 안 봤냐? 좀 시끄러웠는데."

진다이가 이야기를 술술 풀어 놨다. 어차피 샅샅이 보도된 내용이라 숨길 것도 없었다.

소우는 입을 다물지 못했다. 그런 범죄를 저지르고도 태연하게 렌막시티를 빠져나갈 수 있다는 것이 놀라웠다. 진다이가 말했다.

"사람이든 기계든 배출구가 없으면 폭발하게 되어 있어. 살아가는 데는 여러 가지가 필요하지. 법이 모든 걸 해결해 주지는 않아."

"치안청이 이렇게 허술할 줄은 몰랐어요."

"허술하지는 않아. 우리가 더 뛰어난 거지."

"우리요?"

"지니를 돕기 시작한 순간부터 넌 빼도 박도 못하게 됐어. 범인 은닉에 도주 협조 혐의가 추가된 거지. 같은 배를 탄 걸 환영한다."

소우의 얼굴빛이 변하자 진다이가 피식 웃었다.

"이런 걸 공생이라고 하지. 정부는 뭔가 큰 건을 덮고 싶을 때 우리한테 한 방을 날리지. 우리는 세금 삼아 적당히 맞아 주면 돼. 짜고 치는 카드놀이 패턴만 알면 이 장사도 할 만해. 이번에도 뿌리는 건드리지 않았어."

"뿌리요?"

"그런 게 있어. 그나저나 운전은 할 줄 아냐?"

"연습 면허 있어요."

진다이가 고개를 끄덕였다. 어느새 농업 지구의 밀밭이 끝나고 울타리로 정리된 목축 지구가 보이기 시작했다. 끝없이 펼쳐진 방

목장에는 청보리나 호밀 같은 사료 작물이 자라고 있었다. 양과 소는 보이지 않았다. 밤이어서 이슬을 피해 지붕 아래로 들어간 모양이었다.

진다이가 음악을 틀었다. 목관 악기 소리가 구슬픈 다압의 민속음악이었다. 소우는 진다이 모르게 손가락을 움직여 지니의 머리칼을 만졌다. 손끝으로 하나하나 세어 가듯 천천히 만졌다. 신기하게 아무 느낌도 들지 않았다. 그냥 가늘고 부드러울 뿐이었다. 지독하게 부드러웠다.

스파다인

해가 뜰 무렵 주유소 겸 식당이 나타나자 진다이가 차를 세웠다. 잠이 깬 매지가 지니를 보고 비명을 지르며 팔짝팔짝 뛰었다. 아침을 먹고 차에도 연료를 채운 다음 진다이가 운전대를 소우에게 넘겼다. 그러고는 빈 뒷자리로 들어가 드러누웠다.

아까부터 소우를 곁눈질하던 매지가 잽싸게 조수석을 차지했다. 소우에게 말을 걸고 대답을 들을 때마다 매지가 깔깔대며 소우의 어깨를 두드렸다.

"너 정말 재미있어!"

소우는 조용히 창밖을 바라보는 지니가 신경 쓰였다.

소우는 조심스레 앞을 살폈다. 지금 달리는 34번 도로의 종점이 스파다인이었다. 자동 운전 장치를 켰기 때문에 소우가 딱히 할 일은 없었다. 경고등이 들어오거나 순찰차가 있는지 살피고 연료가 적당히 남았을 때 주유소에 들르기만 하면 된다.

목축 지대가 끝나자 황무지가 시작되었다. 붉은 흙으로 유명한 누보 평원이었다. 지평선 끝까지 붉은 흙이 펼쳐져 있고 군데군데 군락을 이룬 가시덤불과 다육 식물이 보였다. 바짝 마른 붉은 흙은 녹말처럼 입자가 고와서 바람이 불 때마다 붉은 구름이 되어 흩날렸다. 이삼 년에 한 번 폭우가 내리면 붉은 강이 며칠 동안 생겨났다가 사라지는 곳이었다.

매지가 소우의 팔을 잡고 길옆을 가리키며 물었다.

"세상에서 가장 긴 직선이라니, 저게 무슨 뜻이야?"

소우가 뒷자리의 지니 눈치를 보며 살짝 팔을 뺐다. 매지가 가리킨 것은 400킬로미터 직선 도로의 시작을 알리는 표지판이었다. 넓은 렌막에서도 400킬로미터 직선 도로 구간은 누보 평원에만 있었다. 소우가 설명을 해 주자 매지는 놀라 입을 다물지 못했다.

지루한 직선 도로를 몇 시간 동안 달렸지만 붉은 지평선은 여전히 멀기만 했다. 주유소에 들러 기름을 채우고 점심을 먹을 때쯤 진다이가 운전석에 앉았고 그 뒤로는 두어 시간씩 교대로 운전했다.

매지는 소우에게 점점 거침없는 질문을 던졌다.

"여자 친구는 있니?"

"렌막에서는 여자 친구, 남자 친구 구분하지 않아."

소우가 대답했지만 매지는 끈질겼다.

"그래도 마음에 드는 여자애는 있을 거 아니야."

"다 친구라니까!"

"그럼 아직 키스도 못 해 봤겠네?"

소우는 목덜미까지 빨개져서 아무 말도 하지 못했다. 지니가 조용히 말했다.

"소우, 여자 친구 있어. 키 크고 멋있는 애야."

"그걸 어떻게 알아?"

매지가 묻자 지니가 대답했다.

"소우 방에서 사진 봤어."

"집에 갔다고?"

"응, 거기서 이틀 잤어."

매지가 입술을 삐죽거렸다. 스파다인이 600킬로미터 남았다는 이정표가 창밖으로 지나갔다.

밤이 되자 도로 옆에 배구장만 한 안내판이 나타났다. 자동차가 가까이 가자 안내판의 야광 페인트가 밝게 빛났다.

평생을 봉사한 당신, 스파다인에서 편안한 여생을!

멀리 불빛이 보이기 시작했다. 건조한 황무지의 공기는 빛을 선명하게 전했다. 한참을 달리자 한 덩이로 보이던 불빛이 잘게 나뉘더니 지평선을 따라 넓게 퍼졌다.

지겹도록 보았던 가시덤불과 다육 식물 군락이 드물어지면서 상록 활엽수들이 나타났다. 도시에 접근할수록 활엽수들의 키가 커졌다. 자동차는 빈 활주로 옆을 지났다. 응급 환자를 이송하거나 비정기적인 군사 훈련을 할 때 이용되는 비상 활주로였다.

진다이는 능숙하게 차를 몰아 시내를 가로질렀다. 스파다인은 상가와 관청이 모인 중심가에만 5, 6층 건물들이 몇 개 있을 뿐 단층 건물로 가득했다. 지니와 매지가 신기해하자 진다이가 설명했다.

"노인들을 위해 지어진 계획도시라 그래. 나이 먹으면 무릎 때문에 계단 오르기가 쉽지 않지."

진다이의 설명이 이어졌다.

"여긴 렌막 중앙 정부가 관리하지 않는 자치 구역이니까 안심해도 된다. 며칠 동안 후원자의 집에서 쉬면서 스파다인 적응 교육을 받아라."

진다이는 똑같은 주택들이 수백 채 늘어서 있는 주택 단지의 막다른 길에 차를 세웠다.

"렌막시티에서 있었던 일은 절대 입 밖에 내지 마. 밀입국 사실도 말하면 안 돼. 후원자들은 너희가 연애를 하려고 도망친 걸로 알고 있어. 이제부터 너희는 노인 요양 보조원이 되는 거다."

진다이가 문을 두드리자 문이 열리며 깡마른 할아버지가 나타났다.

"어서들 와요. 먼 길에 고생했어요."

진다이가 돌아서자 할아버지가 붙잡았다.

"선생님, 저녁 드시고 가십시오."

할아버지의 정중한 말투에 지니와 매지가 서로 얼굴을 바라보았다. 진다이 역시 처음 보는 공손한 태도로 대답했다.

"괜찮습니다, 대반 어르신. 본부에 일이 있어서 먼저 가 보겠습니다. 며칠 동안 이 아이들을 잘 부탁드립니다."

진다이가 떠나자 대반 할아버지가 모두를 주방으로 안내했다.

"술미 씨, 손님 왔어요."

작고 통통한 할머니가 앞치마에 손을 닦으며 활짝 웃었다.

"우리 아기들, 어서 와요!"

밤늦게 만찬이 열렸다. 지니와 매지는 식탁 위의 음식을 보자 눈물이 핑 돌았다. 생선을 발효시켜 만든 다압의 양념 냄새가 코를 녹이는 것 같았다. 지니가 물었다.

"할머니, 일부러 다압 음식 만드셨어요?"

"내가 다압 사람이에요. 처음에는 냄새가 좀 강해도 먹어 보면 맛있어."

"저희도 다압에서 왔어요."

"오, 이런!"

술미 할머니가 팔을 벌려 지니와 매지를 안았다. 셋이서 와르르

이야기하는 동안 대반 할아버지는 소우에게 와인을 따라 주었다.
그러고는 소우의 어깨를 두드리며 말했다.

"큰 결정 했다. 어려운 결심 했어."

소우가 첫눈에 궁금했던 걸 조심스레 물었다.

"두 분은 부부세요?"

"기술 이주민이 합법적인 부부가 된 경우는 아직 없지. 그냥 사
귀는 사이라고 해 두자."

술미 할머니가 대반 할아버지의 옆구리를 찔렀다.

"창피하게 왜 그래요!"

"뭐가 창피해? 난 안 창피해요!"

지니와 매지는 웃었고 소우는 웃는 척했다. 평생 렌막의 법을 지
켜 온 은퇴자들이 늘그막에 보여 준 파격에 소우는 머릿속이 어지
러웠다.

소우는 환하게 웃는 지니에게서 눈을 떼지 못했다. 지니와 매지
는 작은 새처럼 쉬지 않고 떠들었다. 와인 몇 잔에 얼굴이 풀어진
대반 할아버지가 소우에게 속삭였다.

"네가 사랑하는 아가씨가 어느 쪽인지 알겠다."

"그런 거 아니에요."

"조준경에 목표가 들어오면 초보들은 너처럼 움찔거리지."

"제가요?"

"몸이랑 마음은 결국 같이 가는 거야. 몸은 정찰대, 마음은 주력

부대. 정찰대가 혼자 날뛰면 전멸이니까 조심해라."

"군인같이 말씀하시네요."

"내가 한때는 도마치 강습 부대에서 날리는 저격수였다."

매지가 화들짝 놀랐다.

"할아버지, 도마치 사람이에요? 그런데 어떻게 다압 여자랑 사귀어요?"

"그러게 말이다. 다압 사람이랑은 같은 우물물도 마시지 말라고 했는데."

"두 분이 어떻게 만났는지 이야기 좀 해 주세요."

지니와 매지가 조르자 대반 할아버지가 냉큼 이야기를 풀어 놓았다.

"은퇴하고선 마음이 허전했어. 외로웠지. 왜 이럴까 끙끙대다가 운동을 하러 양궁장에 갔는데 거기서 술미 씨와 마주쳤어. 활을 가르쳐 주느라 처음 손이 닿은 순간 불꽃이 튀었지."

술미 할머니가 지니와 소우를 보며 활짝 웃었다.

"좋을 때야. 정말 잘 왔다, 애들아."

집이 좁아서 소우는 며칠 동안 식탁 옆에 간이침대를 펴고 잠을 잤다. 도마치 지구에 사는 대반 할아버지는 아침 일찍 자전거를 타고 건너왔다가 밤이 되면 돌아갔다.

오전에는 스파다인 정착 지원부에서 파견된 준에게서 스파다인

적응 교육을 받았다. 스파다인은 출신 지역별로 세 구역으로 나뉘어 있었다. 다압 지구가 개방적인 반면 살레오 지구는 보수적인 편이고 도마치 지구는 아직도 군대 같은 분위기라고 했다.

"지원 담당들 얼굴만 봐도 어느 구역 담당인지 표가 나요."

스파다인의 인구는 12만 명이 정원이었다. 스파다인에서 고령이나 질병으로 세상을 뜨는 노인들의 숫자에 맞춰 은퇴 예정인 기능 복무원들에게 영주권을 발급하고 있었다. 준은 소우와 지니, 매지에게 처음부터 호감을 내비쳤다. 노인 요양 보조원 업무를 나눠 받을 무보수 자원봉사자들이기 때문이다.

"자치 구역은 융통성이 있어서 좋아요."

피닉스라는 이름도 준에게서 처음 들었다. 소우와 지니, 매지를 이곳으로 데려온 것도 피닉스의 사업 중 하나였다. 소우가 물었다.

"하지만 우리는 피닉스가 뭔지 모르는데요?"

"진다이 씨가 여러분을 데려왔잖아요. 그러니까 피닉스를 만난 거예요."

술미 할머니의 이웃들도 피닉스의 후원자였다. 지난밤, 지니는 잠들지 못하고 뒤척이다 자동차 소리를 들었다. 창밖으로 얼굴을 내밀자 손을 꼭 붙잡고 옆집으로 들어가는 젊은 남녀가 보였다.

닷새째 되는 날 진다이가 찾아왔다. 술미 할머니와 대반 할아버지는 이별을 섭섭해했다.

"다압 음식 먹고 싶으면 언제든지 놀러 와."

셋을 태운 뒤 진다이의 차가 다시 멈춘 곳은 수영장과 실내외 사격장, 양궁장, 잔디 볼링장과 게이트볼장, 미니 골프장이 갖춰진 체육 단지 앞이었다.

진다이는 소우만 데리고 체육관 안으로 들어갔다. 접힌 농구 골대와 배구 그물, 먼지 쌓인 요가 매트가 쌓여 있는 통로를 지나 지하 계단을 내려가자 거대한 냉각기가 있는 공조실이 나왔다. 순환 모터가 웅웅 돌아가는 공조실 구석에 철문이 보였다.

진다이가 지문 인식을 하자 문이 열렸다. 긴 복도 끝에는 또 다른 문이 보였다. 이번 문은 비밀번호를 눌러야 했다.

문이 열리자 뜻밖에 넓은 지하실이 나왔다. 전산 장치와 통신 장치들이 보였고 여러 사람이 앉아서 일을 하고 있었다. 기능 복무원 근무복을 입은 여자가 의자에서 일어났다. 고개를 돌릴 때마다 질끈 묶은 머리가 목덜미에서 찰랑거렸다.

"어서 와요. 소우죠? 난 스파다인의 피닉스 책임자 추이예요. 이곳은 피닉스 활동가들이 일하는 아지트입니다."

추이가 내민 손을 소우가 잡았다. 세 사람은 간단히 차를 나눠 마시며 소소한 이야기를 나눴다. 헤어지면서 추이가 말했다.

"앞으로 활동 기대할게요."

돌아오는 길에 소우가 진다이에게 물었다.

"활동을 기대한다는 게 무슨 뜻이에요?"

"내 밑에서 잘 움직여 달라는 뜻이다."

"난 아무 결정도 안 했어요."

"내가 너를 보증하고 피닉스의 새 활동가로 추천했지."

진다이가 설명했다.

피닉스는 렌막시티와 여러 자치 구역을 연결하는 비밀 조직으로 감정의 자유, 육체의 해방을 지향하며 세력을 키워 가고 있었다. 소우처럼 육체적 변화로 고민하는 사람이나 불법 이성 관계에 빠져든 남녀를 찾아내 자치 구역의 안전지대로 인도하는 '자유로' 운용이 피닉스의 주 활동이었다. 소규모지만 전국적인 조직을 갖추고 있고 특정 자치 구역 내에서 강력한 지지를 받고 있었다. 스파다인 자치 구역의 다압 지구도 피닉스를 지지하는 곳 중 하나였다. 엄격한 출산 자격 검증제에 반발하는 일부 시민들과 기술 이주민들이 비밀리에 피닉스를 지원하고 있었다.

"스파다인에서는 나를 피닉스의 인권 활동가로 알고 있지."

진다이가 킬킬댔다. 소우가 목소리를 높였다.

"난 위험한 일은 안 해요."

"내 말 잘 들어라, 꼬마야."

진다이가 소우의 목덜미를 지그시 눌렀다. 엄청난 아귀힘 때문에 소우는 자기도 모르게 신음 소리를 냈다.

"어차피 렌막시티에서 넌 인간쓰레기로 걸러지게 되어 있어. 기회가 있을 때 선택해야지. 렌막의 범죄자냐, 스파다인의 혁명가냐?"

진다이가 소우의 목덜미에서 손을 뗐다. 소우가 목을 문지르며 말했다.

"아무것도 모르는데 어떻게 선택을 해요."

"곧 알게 된다. 특별히 재미있는 경험을 하게 해 주마. 렌막 시민이란 건 이럴 때 장점이 많아."

진다이가 다시 차를 세운 곳은 평범한 주택 앞이었다. 진다이가 말했다.

"이곳이 너희를 위한 작은 둥지다."

문이 열리자 반가운 비명이 들렸다.

"지니! 매지!"

"시아 언니!"

캥거루에서 사라졌던 시아를 다시 보게 되자 지니의 눈에 눈물이 비쳤다. 매지가 말했다.

"언니, 살쪘다!"

시아가 수줍게 웃었다. 작은 둥지에는 시아 말고도 다른 여자들이 더 있었다. 시아를 포함해 다들 임신한 상태였다. 시아가 소개했다.

"라미 큰언니, 순 둘째 언니, 아난 셋째 언니, 내가 넷째, 너희가 막내야."

소우는 임신한 여자를 이렇게 가까이서 보는 게 처음이었다. 매지가 언니들의 배를 쓰다듬으며 물었다.

"몇 개월이에요? 언제 낳아요?"

차례대로 임신 팔 개월과 칠 개월, 육 개월, 시아는 사 개월이었다. 지니가 물었다.

"아기 아빠들은 어디 있어요?"

반갑게 웃던 네 여자가 순간 입을 다물고 진다이 눈치를 봤다. 진다이가 시아에게 말했다.

"방 안내나 해 줘."

소우가 현관문에서 가장 가까운 방을 받았고 지니와 매지는 방이 모자라 같은 방을 쓰게 되었다.

진다이가 떠나자 다들 각자의 방으로 흩어졌다. 지니는 피곤했지만 하나밖에 없는 침대에 매지가 벌써 누워 있었다. 소우가 지니에게 말했다.

"내 방 써. 난 주방에 있는 간이침대에서 자도 돼. 주위 좀 돌아보고 올게."

외곽 도로의 비상용 유선 전화 앞에서 소우는 한참 동안 움직이지 못했다. 비상 버튼을 누르면 일반 통화가 가능한 구형 공중전화기였다. 전화기를 보자 그동안 까맣게 잊고 있었던 부모님 생각이 났다. 소우를 걱정하느라 지금쯤 마음이 바짝 타들어 갔을 것이다. 잘 있다고 한마디쯤은 전해야 할 것 같았다. 어쩌다 여기까지 오기는 했지만 소우는 부모님을 사랑했다. 소우가 수화기를 들고 번호를 누르자 렌막시티와 스파다인이 바로 연결되었다.

"저예요."

"소우? 너 어디야? 도대체 무슨 일이야?"

어머니가 소리를 질렀다. 소우가 대답했다.

"잘 있으니까 걱정하지 마세요."

"소우야, 무슨 일인지 모르겠지만 일단 집으로 와. 얼굴 보고 이야기하자."

"말로 해결될 일이 아니에요. 답을 찾으면 들어갈게요. 통화 오래 못 해요."

소우가 빨리 전화를 끊으려 하자 어머니가 다급하게 물었다.

"돈은 있니?"

"예."

"얘야."

소우의 어머니가 목소리를 낮췄다. 온 힘을 다해 감정을 억누르는 게 느껴졌다.

"우리는 언제나 네 편이다. 그거 잊지 마라. 도움이 필요하면 꼭 전화해. 돌아오고 싶으면 아무 때나 돌아오고."

"네, 고마워요."

소우가 전화기를 내려놓았다. 사랑한다고 말한다는 걸 깜빡 잊었다.

소우는 다시 전화기를 들고 번호를 눌렀다. 이번에는 킴이었다.

"나야."

"어디냐?"

"스파다인."

"멀리도 갔다."

"그렇게 됐어."

킴이 잠시 침묵을 지켰다. 소우가 먼저 말했다.

"학교에선 뭐래?"

"네 어머니가 와서 병가 신청하고 가셨어."

"쿠니리는?"

"내 눈치를 살살 보고 있어. 도둑고양이 같은 자식!"

"농구 시합 망쳤지?"

"지금 그게 문제냐?"

"미안하다."

이번에는 소우가 입을 닫았다. 기다리다 못해 킴이 말했다.

"할 말 생기면 전화해라."

"그래. 고맙다."

"나 아직 너 용서 안 했거든?"

"알아. 미안해."

"그 소리 지겹다, 지겨워."

킴이 전화를 끊었다. 소우는 수화기를 내려놓고 한참 동안 전화기를 바라보았다. 두 번의 짧은 통화를 마치자 더는 전화할 사람이 없었다.

소우는 외로웠다. 지금껏 외롭다고 생각한 적이 별로 없었는데 황무지를 앞에 두고 홀로 서자 견딜 수 없이 외로웠다. 이럴 때 곁에 누군가 있다면, 몇 시간이 걸리더라도 마음속 깊은 이야기를 털어놓을 상대가 있다면, 이야기하다가 말이 막혀도 묵묵히 기다려 주는 사람이 있다면 얼마나 좋을까.

예전에는 킴이 있었다. 킴에게라면 못 할 이야기가 없었다. 하지만 지금은 킴과 소우 사이에 두터운 유리벽이 있는 것 같았다. 소우가 간절하게 원하는 것을 킴은 줄 생각이 없었다.

소우는 문득 지니를 생각했다. 지니라면 들어 주고, 위로해 주고, 같이 울어 줄 것 같았다. 어려서부터 함께해 온 킴이 있는데 지니가 떠오르다니 이상한 일이었다. 갑자기 지니가 참을 수 없이 보고 싶었다. 소우는 전화기 앞을 떠나 집으로 향했다. 공중전화 부스가 서 있는 외곽 도로 너머로 황무지가 끝없이 펼쳐졌다. 돌풍이 불어오는지 적란운 같은 붉은 흙먼지가 스파다인을 향해 몰려오고 있었다.

누군가 지니의 머리를 조용히 쓰다듬었다. 깜짝 놀란 지니가 눈을 뜨자 침대 가장자리에 앉은 시아가 보였다.

"여기 왔으니까 너도 곧 결정해야 해."

"뭘요?"

"엄마 캥거루가 되는 거 말이야."

지니가 눈을 깜빡거렸다. 시아가 풀어서 설명했다.

"내가 왜 클럽을 떠났는지 궁금하지 않니?"

"매지는 언니가 더 좋은 곳으로 갔을 거랬어요."

"그 말이 맞아. 여기서는 우리도 진짜 기술 이주민처럼 살 수 있으니까."

진다이는 시아를 작은 둥지로 보내며 약속했다. 인공 수정으로 아기 셋을 낳아 주면 자유롭게 풀어 주겠다고. 진짜 기술 이주민 등록 번호를 구해 줄 테니 아는 사람 없는 새 도시에서 나머지 인생을 즐기라고 했다.

클럽 캥거루에서 일하면서 시아는 렌막의 현실을 알게 되었다. 기술 이주민에게는 결혼이나 출산이 허가되지 않는다. 안락한 미래만 보장된다면 굳이 결혼을 해야 할 필요도 없었다. 시아는 길게 고민하지 않고 거래를 받아들였고 엄마 캥거루가 되기 위해 클럽 캥거루를 떠났다. 이것이 클럽에 아기가 공급되는 방식이었다.

지니의 눈동자가 굴러떨어질 듯 커졌다. 지니는 시아의 둥근 배를 바라보았다. 시아가 서글프게 웃었다.

"어쨌든 이 아이도 렌막에서 태어나게 되었으니 나한테 고마워할 거야."

"엄마랑 같이 살지도 못하잖아요."

"너도 다압에서 엄마랑 살 수 있었는데 여기로 왔잖아."

"그건……."

다르다고 말하고 싶었지만 지니는 입을 열지 못했다. 시아가 지니를 다독였다.

"너도 결정해야 해. 매지도 마찬가지고."

"싫다면요?"

시아가 덧붙였다.

"진다이가 너희를 다시 어디론가 보내겠지."

"클럽은 없어요. 모두 잡혀가 버렸는걸요."

"너희를 다시 다압으로 돌려보낼지도 몰라."

"그 사람 정체가 도대체 뭐예요?"

"진다이는 문어 같아. 이쪽저쪽에 모두 다리를 걸치고 있어. 다들 자기가 아는 진다이가 진짜라고 생각하지만 누구도 머리를 본 적이 없어."

지니가 어깨를 부르르 떨었다.

방문 밖에서 소우의 발소리가 들렸다. 시아가 급히 방을 떠나며 말했다.

"네 남자 친구한테는 절대 말하지 마. 큰일 나니까."

시아가 나가고 소우가 방문 앞에 섰다.

"우리 이야기 좀 할래?"

지니가 고개를 저었다.

"피곤해. 다음에 하자."

지니가 조용히 방문을 닫았다. 소우는 방문 앞에서 한동안 움직이지 못했다.

별이 떨어진다

피닉스의 스파다인 책임자 추이는 이야기를 잘 들어 주는 사람이었다. 체육관 주위를 함께 산책하며 소우는 고민을 털어놓았다. 추이는 담담하게 고개를 끄덕였다.

"소우는 병에 걸린 게 아니에요. 성욕은 스스로 통제해야 하는 에너지지, 제거해야 하는 암 덩어리가 아니니까요."

"하지만 렌막에서는 비정상이잖아요."

"렌막 밖에서는 정상이에요. 나처럼 어디서나 비정상인 사람도 있어요. 내 등록 번호는 다른 사람처럼 열세 자리가 아니라 열 자리예요. 그 이유를 안 순간 나는 내 존재 자체를 반대하게 되었어요. 피닉스도 그래서 들어오게 됐고요."

"열 자리는 어떤 번호인데요?"

소우가 묻자 추이가 되물었다.

"조립 인간이 뭔지 알아요?"

'조립 인간'은 렌막 정부가 한때 비밀리에 시험한 인력 조달 방법이었다. 렌막 정부는 은퇴한 기능 복무원들의 관리 비용을 절감하기 위해 노동 인력을 국내에서 조달할 방법을 모색했다. 그 결과 기능별로 최적화된 유전자를 조합해 비밀리에 시험관 아기들을 키워 냈다. 인간의 몸을 이용하지 않고 인큐베이터만을 사용해 키워 낸 '조립 인간'의 기대 수명은 오십 세였다. 적정 노동력에 맞춘 수명이었다.

조립 인간 계획은 아무리 렌막이라 해도 논란의 여지가 많았고 결국 취소되었다. 하지만 시험적으로 조립된 수백 명의 아기는 지금도 곳곳에서 기능 복무원으로 근무하고 있었다. 추이는 그중 한 사람이었다.

"어떻게 그런 말도 안 되는……."

할 말을 잃은 소우에게 추이가 활짝 웃으며 물었다.

"내가 몇 살 같아요?"

소우는 보이는 대로 대답했다.

"서른다섯 살?"

"고맙네요."

"틀렸어요?

추이는 아무 말 없이 미소 지었다.

소우는 더 걷고 싶었지만 진다이가 불러서 산책을 마쳐야 했다.

작은 둥지로 돌아오는 차 안에서 진다이가 물었다.

"여자랑 해 본 적 있나?"

소우가 얼굴이 빨개져서 고개를 저었다.

"그럴 줄 알았다. 하고는 싶지?"

소우는 얼어붙은 듯 대답을 하지 못했다. 진다이가 피식 웃었다.

"해 보고는 싶은데 어떻게 해야 되는지 모르겠다?"

진다이가 운전을 하며 한쪽 손으로 소우의 허벅지를 쓰다듬었다. 소우는 기죽은 것처럼 보이고 싶지 않았다.

"누가 하고 싶대요?"

"지금 너라면 하고 싶을걸?"

"나중에 결정할 거예요."

"기회는 아무 때나 오는 게 아니다. 특히 이런 건 타이밍이야."

진다이가 씩 웃었다. 소우는 자신을 아기 다루듯 하는 진다이의 말투가 거슬렸지만 무슨 뜻인지 궁금하기도 했다.

"내 밑에서 일하게 된 기념으로 선물을 주마. 지니 어때?"

소우는 숨이 멎을 만큼 깜짝 놀랐다. 무슨 뜻인지 정확히 알기도 전에 속에서 뜨거운 불덩어리가 솟구치는 것 같았다. 지니를 장난 감처럼 말하다니!

소우가 주먹을 움켜쥐자 진다이가 피식 웃었다.

"왜? 너만의 천사가 모욕당한 것 같아서?"

소우의 표정에 대답이 들어 있었다. 진다이가 코웃음을 쳤다.

"처음엔 다 그렇게 특별하다고 생각하지. 해 보면 별거 아닌데 말이야. 난 너한테 인생 경험을 시켜 주려는 거야. 널 제대로 키워 보려고."

진다이가 '선물'에 대해 마저 설명했다. 작은 둥지의 다른 여자들처럼 지니도 아기를 낳기 위해 이곳에 왔다. 조직에서 사용할 아기다. 겸사겸사 소우에게 특별히 첫 경험을 할 기회를 주겠다. 먼저 매지와, 그다음엔 지니와. 해 보면 별거 아니라는 걸 알게 될 것이다. 그걸 깨달아야 인생의 다음 단계가 진행된다. 그게 피곤해지면 비로소 진짜 어른이 되었다고 할 수 있다. '선물'은 진다이를 위해 일하게 된 것을 기념하는 입회식 정도로 생각하면 된다. 소우가 싫다면 소우 대신 다른 사람이 지니와 할 수도 있다. 물론 강제는 아니다. 몸은 더 힘들겠지만 인공 수정을 선택할 수도 있다. 소우와 지니의 결정에 따라 일은 진행될 것이다.

짧은 설명이었지만 소우는 머릿속이 멍했다. 소우가 아는 지니와 진다이가 말하는 지니는 전혀 다른 사람 같았다. 진다이가 고개를 끄덕이며 말했다.

"그 애들은 우리랑 시작부터가 달라. 당연히 끝도 다르지. 중간에 잠깐 길이 겹쳤을 뿐이니까 깊게 생각 말고 너 하고 싶은 것만 생각하면 돼."

소우는 재빨리 머릿속을 정리했다. 아기를 낳고 지니와 함께 키운다면? 그건 결혼이나 마찬가지였다. 더듬더듬 소우가 물어보자 진다이가 선을 그었다.

"그건 아니지. 개인적인 감정을 없애려고 이러는 거다."

"아빠가 되라면서 감정을 없애라고요?"

"아빠는 무슨! 너는 철저하게 사업만 생각해야 해. 매지를 첫 상대로 하면 지니에 대한 특별한 감정도 없어질 거야."

"말도 안 돼요. 나는 매지를 좋아하지도 않아요."

"매지가 먼저, 지니는 그다음이야. 한 명일 때나 특별하지 여럿 거치면 무덤덤해진다. 여자나 남자나 똑같아."

"어떻게 그럴 수가 있어요?"

"인생 선배 말을 믿어. 그리고 지니한테는 이야기하지 마라. 비밀이 새면 선물은 없다. 너희 둘 다 테스트하는 거니까."

소우는 창밖을 바라볼 뿐 대답할 수가 없었다. 진다이도 대답을 재촉하지 않았다.

저만치 작은 둥지가 보이자 소우가 물었다.

"만약 내가 추이한테 아저씨 정체를 말하면 어떻게 돼요?"

진다이가 소우를 힐끗 보더니 다시 앞쪽으로 눈길을 돌렸다.

"난 괜찮고 넌 안 괜찮지."

진다이가 덧붙여서 말했다.

"난 빙산이야. 드러나지 않은 부분이 더 무섭지. 허튼 생각 말고 피닉스를 도와주는 척하면서 우리 사업을 하면 되는 거야. 피닉스에서 알아도 우릴 어쩌지는 못해."

우리라는 말이 마음에 걸렸다. 소우는 차라리 피닉스에서 정식으로 활동하고 싶었다. 하지만 진다이는 소우를 놓아줄 생각이 없어 보였다. 소우가 결국 선물을 받을 거라고 확신하는 것 같았다.

진다이는 소우를 내려 주고 시아를 불러 뭔가를 지시했다. 진다이를 배웅하고 온 시아가 지니에게 속삭였다.

"결정했니?"

지니가 못 들은 척 소우를 불렀다.

"우리 산책 가자!"

태양이 어깨 위에 걸린 오후였다. 황무지의 붉은색은 더욱 깊어졌고 스파다인의 흰 집들은 오렌지색으로 물들었다.

소우도 지니도 서로에게 할 말이 있었지만 입을 열지 않았다. 둘은 천천히 길옆 풍경을 둘러보며 걸었다. 몇 번이나 다녀와 익숙하고 고요한 길이었다. 언제 버려졌는지 라벨이 허옇게 바랜 깡통, 나뭇가지에 앉아 고개를 갸웃거리는 앵무새들, 양산이 달린 전동 휠체어를 타고 지나가는 노인, 잔디밭에 반짝거리며 물을 뿌리는 스프링클러, 연노랑 레몬이 주렁주렁 달린 레몬 나무, 가지에서 땅으로 떨어져 다갈색으로 말라 가는 오렌지, 길 건너 황무지의 붉은 지평선.

한참을 걸어 술미 할머니 집에 도착했다. 지니가 문을 두드렸지만 대답이 없었다. 지니가 소우에게 물었다.

"그냥 돌아갈까?"

소우가 고개를 저었다. 오래 걸어서 목이 마르고 다리도 뻐근했다. 저녁을 준비할 시간이라 술미 할머니가 멀리 가지는 않았을 것이다. 소우는 맵고 짭짤한 다압 음식이 생각났다. 땀을 많이 흘린 뒤라 더 그랬다.

문은 열려 있었다. 주방에 들어가 찬장에서 컵을 꺼내려던 지니가 비명을 질렀다.

"할머니!"

어두운 구석에 술미 할머니가 쓰러져 있었다. 지니가 손발을 주무르고 소우가 찬물에 수건을 적셔 얼굴을 닦자 술미 할머니가 겨우 눈을 떴다. 지니가 물었다.

"할머니, 괜찮으세요?"

"또 발작을 했나 봐. 갑자기 어지러웠는데 그다음은 기억이 안 나는구나."

지니가 전화기를 들었다.

"응급실에 연락할게요."

"그냥 침대에 데려다줘. 그리고 대반 씨를 불러 줄래?"

지니가 대반 할아버지에게 전화를 걸었지만 연결되지 않았다. 소우가 주소를 적은 메모지를 들고 달려 나갔다.

다압 지구와 도마치 지구는 스파다인의 중심을 가로지르는 큰 도로를 경계로 삼고 있었다. 다압 지구는 손재주 좋은 다압 노인들이 정원과 집 꾸미기에 신경을 많이 쓰기 때문에 정원마다 꽃이 가득하고 분위기가 화사했다. 도마치 지구는 깔끔하지만 삭막했다. 다른 지구보다 주류 소매점이 많았고 흡연 인구도 많았다. 도마치 출신의 기능 복무원들은 대부분 남성으로 하급 군인과 치안원 출신이었는데, 은퇴 뒤에도 평생 몸에 밴 명령과 복종의 분위기를 버리지 못했다. 도마치 노인들은 빛바랜 군복에 훈장이며 부대 표지를 달고 다니고, 술에 취하면 군가와 구호를 외쳤다.

소우는 다압 지구를 지나 도마치 지구로 들어갔다. 처음 가 보는 길이었지만 길목마다 표지판이 있어 집 찾기는 어렵지 않을 듯했다. 나무 그늘에 앉은 노인들이 땀을 뻘뻘 흘리며 집 주소를 확인하는 소우를 지켜보았다.

대반 할아버지네 집을 찾아 문을 두드렸지만 대답이 없었다. 손잡이를 돌려도 문은 열리지 않았다. 소우는 나무 그늘에서 담배를 피우며 이쪽을 노려보고 있는 노인들에게 꾸벅 인사를 했다.

"혹시 대반 할아버지 어디 가셨는지 아세요?"

특수 부대 마크가 붙은 검은 베레모를 쓴 노인이 투덜댔다.

"날마다 다압 지구에서 얼쩡거리는 놈을 왜 여기서 찾아?"

"그런데 네 녀석은 왜 기능 복무원 유니폼을 안 입고 돌아다니는 게야?"

여기저기서 노기 섞인 목소리가 튀어나왔다.

"저런 놈들은 잡아다 신원 조회를 해야 한다고."

"다압 놈들 때문에 수상한 놈들이 부쩍 늘어났어."

노인들의 눈빛이 사나워지자 소우가 변명을 했다.

"저는 기능 복무원이 아니라 렌막시티에서 온 시민이에요."

노인들이 서로를 바라보았다. 평생을 규율에 얽매여 살아온 노인들은 시민 신분인 소우에게 아까처럼 마구 대하지 못했다. 소우가 베레모 노인에게 물었다.

"혹시 펜 좀 빌릴 수 있을까요?"

"여기 있소."

소우는 종이에 메모를 남겼다.

숙미 할머니 집으로 빨리 와 주세요.

베레모 노인이 말했다.

"우리가 전해 주겠소."

"감사합니다."

소우가 메모를 건네주자 베레모 노인이 웃으며 말했다.

"혹시 모르니까 집 주소도 좀……."

소우는 순순히 숙미 할머니의 집 주소를 적어 내밀었다.

저만치서 누군가 소리를 질렀다.

"어이!"

자전거를 탄 대반 할아버지가 재빨리 다가와 소우를 끌고 집으로 향했다. 노인들에게서 욕설이 쏟아졌지만 못 들은 척했다. 대반 할아버지는 소우의 이야기가 끝나기도 전에 벽장에서 무언가를 꺼내더니 술미 할머니 집을 향해 달리기 시작했다.

대반 할아버지가 가져온 약을 먹고 술미 할머니는 곧 잠이 들었다. 세 사람은 간단히 저녁을 차려 먹었다. 지니가 물었다.

"할머니는 어디가 아프신 거예요?"

"가끔 이렇게 쇼크가 온다."

"왜요?"

"우린 오래전부터 정기 의무 검진을 안 받았거든. 복합 예방 접종도 빼먹었어."

소우가 번쩍 고개를 들었다. 대반 할아버지가 하는 이야기가 무슨 뜻인지 소우만큼 잘 아는 사람도 없었다. 소우가 모르는 척 물었다.

"복합 예방 접종을 안 맞아도 돼요? 안 맞으면 질병을 예방할 수 없잖아요."

대반 할아버지가 고개를 저었다.

"맞아서 문제가 생기는 거야."

"그게 무슨……?"

대반 할아버지가 한숨을 쉬었다.

"전부터 떠도는 말이 있었지. 복합 예방 접종을 맞으면 남자든 여자든 중성화가 된다는 거야. 그러고 보니 고향 도마치에서는 여자 없이 못 살던 바람둥이도 렌막에 건너와서는 평생 수도자처럼 살더구나. 여자 쪽도 마찬가지겠지만 서로 아쉬울 건 없었어."

대반 할아버지가 말을 계속했다.

"사실 고맙기도 했어. 이성 생각이 나면 더 힘들었을 테니까. 성욕이라는 건 엄청난 족쇄거든. 수염처럼 깎아도 깎아도 날마다 자라나지. 아침에 면도를 해도 잠시뿐이고 면도를 하지 않으면 하루 종일 개운하지 않지. 그렇지만 말이야, 우리가 놓친 게 있어. 성욕을 제거한다는 명목으로 사랑마저 포기하면 안 되는 거였어. 성욕이 다 사랑은 아니지만 사랑에는 성욕도 포함돼 있거든. 우리는 불필요한 성욕을 제거했다고 생각했지만 사실은 꼭 필요한 사랑까지 국가에 내줘 버린 거야. 그걸 늙어서야 깨달았어."

소우가 침을 꿀꺽 삼켰다. 캄캄했던 머릿속에서 어렴풋이 뭔가가 보이는 것 같았다. 대반 할아버지가 손바닥으로 식탁을 내려쳤다. 이야기를 듣던 지니가 깜짝 놀랐다.

"도마치 지구 사람들 대부분은 복합 예방 접종을 맞지만 나 같은 사람도 간혹 있어. 다압 지구는 반반쯤 될까? 은퇴한 이주민들에게는 관리가 느슨해. 자치 지구라고 듣기 좋은 이름을 붙였지만 사실 더는 부려 먹을 수 없는 늙은이들을 외딴 수용소에 가둬 놨다 이거야. 우린 한평생을 렌막 사람처럼 살려고 했고 굶지 않는 것만 해도 다행이라 여겼지. 과연 그럴까? 렌막 사람들은 성욕과 사랑과 성범죄를 같은 의미로 여기지만 그건 정신까지 거세된 사람들의 생각이야. 의무 검진 안 받고 예방 접종 안 맞으면 연금이 3분의 1로 줄지만 난 끝까지 버틸 거야. 뭔가 달라졌거든. 술미 씨를 만난 것도 그 무렵이지."

지니가 대반 할아버지의 손을 잡았다.

"그래도 할머니가 아프잖아요."

"나도 가끔 쇼크를 겪어. 의사가 그러더구나. 평생 복합 예방 접종을 맞던 사람이 접종을 중단하면 쇼크가 온대. 한번 쇼크가 시작되면 주기가 점점 짧아지지. 그래서 약을 구하러 암시장에 다녀야 해. 약도 점점 더 구하기 힘들어. 갈수록 비싸지고 있어."

대반 할아버지가 벽장에서 술병과 잔을 꺼내더니 잠든 술미 할머니를 바라보며 천천히 술을 마셨다. 소우와 지니가 인사를 했다.

"저희 갈게요."

대반 할아버지가 술잔을 들어 인사했다.

"인생은 짧다. 사랑할 수 있을 때 사랑하는 거야."

아직 달이 뜨지 않았지만 별빛만으로도 걷기에는 충분했다.

소우는 별빛이 바람처럼 시원했다. 소우의 증상은 혼자만의 문제가 아니었다. 말없이 걷는 소우에게 지니가 물었다.

"너도 그거 맞았니? 복합 예방 접종?"

소우가 고개를 저었다. 지니가 고개를 끄덕였다.

"어쩐지 넌 좀 달랐어."

지니가 웃자 소우의 가슴이 두근거렸다. 소우가 하늘을 바라보았다. 구름 한 점 없는 밤하늘에 별들이 자욱하게 깔려 있었다. 소우가 말했다.

"이런 때 유성이나 떨어지면 좋겠다."

"별똥별 한 번도 본 적 없는데."

"난 몇 번 봤어."

"다압에서는 별똥별 보면서 소원을 빌면 이뤄진다고 그래."

"렌막에서도 마찬가지야."

몇 해 전 소우는 유성을 보고 싶어서 하늘만 보며 걸어 다니기도 했다. 뭔가에 걸려 넘어지고 다른 사람과 부딪히기도 했다. 놀아 달라며 다가온 옆집 강아지를 모르고 찬 적도 있었다. 그래도 소우는 포기하지 않았다.

어느 날 밤하늘을 향해 무심코 고개를 들었을 때 별 하나가 환한 빛 꼬리를 끌고 지평선을 향해 떨어졌다. 잠깐 동안 시간이 멈춰 버린 것 같았다. 소우는 문득 신이 하늘에 대고 성냥을 켠 게 아닐까 생각했다.

소우의 이야기를 들은 지니가 한숨을 쉬었다.

"예뻤겠다."

소우는 가슴이 저렸다. 예뻤겠다고 말하는 지니보다 예쁜 게 있을까? 귀엽다고 말하면 귀엽고 슬프다고 말하면 슬플 것이다. 소우는 머릿속에 자꾸 울리는 진다이의 목소리를 밀어 냈다. 지금 소우 앞의 지니가 진짜 지니였다.

소우가 지니의 머리에 손을 얹고 땅을 바라보게 했다.

"내가 유성 보는 법 알려 줄게."

"정말?"

지니는 착한 아이처럼 시키는 대로 고개를 숙였다.

"시간 날 때마다 하늘을 보는 거야. 땅을 보다가 고개를 들면서 하나, 둘, 셋!"

둘이 함께 고개를 든 순간 유성 하나가 황무지를 향해 떨어졌다. 꼬리 길이가 새끼손가락 길이밖에 되지 않는 꼬마 유성이었다. 유성이 순식간에 사라지자 지니가 비명을 질렀다.

"아! 저거! 저거!"

소우도 놀랐지만 아무렇지 않은 척했다. 지니가 소우의 손을 잡았다.

"저거 마술이지? 진짜 유성 아니지?"

소우가 대답했다.

"진짜야."

지니가 안타까워했다.

"어떡하지? 소원 못 빌었어."

"다음에 빌면 되지."

"또 해 보자. 이렇게 하면 돼?"

지니가 소우의 손을 들어 자기 머리에 얹은 다음 고개를 숙였다.

"땅을 보다가 하나, 둘, 셋!"

별들은 떨어지지 않고 제자리에서 반짝였다. 지니는 포기하지 않았다.

"하나, 둘, 셋!"

"하나, 둘, 셋!"

"하나, 둘……."

지니는 셋을 세지 못했다. 머리에 얹었던 소우의 손이 어느새 지니의 어깨로 내려와 있었다. 지니는 별들이 왜 갑자기 떨고 있는지 궁금했다.

소우의 두 손이 어깨를 잡자 지니의 심장이 작은 새처럼 뛰었다. 소우의 숨결도 끊임없이 망설이며 뜨거워졌다. 둘은 얼굴을 마주 보고 있었다. 지니는 그다음이 무언지 알고 있었다. 둘 사이에 뭔가가 시작되려는 순간이었다. 시작할지 말지 결정해야 할 순간이었다. 지니는 투와 했던 첫 입맞춤을 떠올렸다. 그때도 지금처럼 떨렸다. 생각해 보니 떨림은 이기적이었다. 그 순간에는 뭐든 잘될 것 같지만 지나고 나면 사람을 엉뚱한 곳에 데려다 놓고 숨어 버리기 일쑤였다. 지니는 순간의 떨림을 따라가지 않기로 애써 마음먹었다. 소우에게 호감이 없는 건 아니지만 그렇다고 갑자기 마음을 활짝 열 만큼은 아니었다. 시간이 더 필요했다.

소우의 눈동자가 가까이 다가왔지만 지니는 눈을 감지 않았다. 오히려 눈에 힘을 주고 소우를 바라보았다. 소우가 지니의 눈빛을 보고 주춤거렸다.

소우의 눈 속에는 별들이 가득했다. 반짝이는 별들 사이로 유성 하나가 또 떨어진 것 같았다.

지니가 놀라서 하늘을 쳐다보았다.

"방금 봤니?"

"뭐? 뭘 봤는데?"

소우가 애써 목소리를 가다듬었다. 지니가 하늘을 가리키며 말했다.

"또 유성 떨어진 것 같은데. 못 봤어?"

소우가 고개를 저었다. 열기가 사라지자 너무 가까운 둘 사이의 거리가 갑자기 부담스러웠다. 지니의 어깨에서 어쩔 줄 몰라 하는 손이 남의 손처럼 낯설었다.

지니가 재빨리 소우의 손을 다시 머리에 얹었다.

"하나, 둘, 셋!"

숫자를 세었지만 아무 일도 일어나지 않았다. 지니가 아쉬워하며 말했다.

"이제 마술 안 통하나 봐."

소우가 어색하게 둘러댔다.

"한 사람한테 한 번만 통하는 마술이야."

지니에게 첫 유성을 보여 주었으면서도 소우는 마음 한구석이 허전했다. 가장 빛나고 아름다운 유성이 왔는데 소원도 말해 보지 못하고 허둥대다 보내 버린 느낌이었다. 평생 두 번 오지 않을 기회라는 걸 소우는 느낄 수 있었다.

작은 둥지가 가까워질수록 둘 다 걸음이 무거워졌다. 소우가 물었다.

"숨어 있을 곳이 스파다인 말고는 없을까?"

지니가 소우를 쳐다봤다. 소우가 지니의 눈길을 피하며 말했다.

"네가 다른 곳으로 가고 싶다면 어떻게든 도와줄게."

"여기도 겨우 찾아왔잖아."

"여기가 좋아?"

지니는 대답하지 못했다. 소우의 목소리가 커졌다.

"그냥 이렇게 살 거냐고?"

"누가 이렇게 산대?"

작은 둥지가 저만치 보이자 지니가 먼저 달려가 버렸다. 집 앞에는 자동차 한 대가 서 있었다. 진다이의 차는 아니었다.

"누구지?"

가까이 갈수록 차의 윤곽이 드러났다. 뒤 짐칸이 넓어 자전거나 운동 기구를 싣기 좋은 2인승 사륜구동 자동차였다. 눈에 익은 차를 보자 소우의 가슴이 덜컹 내려앉았다. 가끔 산으로 자전거를 타러 가거나 호수로 낚시를 갈 때 탔던 자동차, 학교에서 가장 먼저 면허를 딴 킴의 자동차였다.

다른 사랑

킴은 식탁 앞에 허리를 펴고 앉아 있었다. 맞은편에는 작은 둥지의 여자들이 무서운 새엄마 앞의 의붓딸처럼 기가 죽은 채 앉아 있었다. 킴 옆에 앉아 있던 투가 벌떡 일어났다. 지니가 뒤따라오는 소우를 반사적으로 쳐다보았다. 투가 말했다.

"지니야, 나랑 이야기 좀 해."

"할 말 없어."

킴이 입을 열었다.

"모두 자리 좀 비켜 주세요."

킴의 목소리는 힘이 있었다. 다들 흩어지고 주방에 둘만 남게 되자 소우가 물었다.

"여기 있는지 어떻게 알았어?"

"전화번호 추적하느라 아버지 도움을 받았지. 너한테 알려 줄 급한 일이 생겨서 어쩔 수 없었어."

킴이 낮은 목소리로 말했다.

"아버지가 스파다인에서 곧 대대적인 검거 작전이 벌어질 거래. 치안청 병력이 엄청나게 투입된다고 했어."

어디선가 천둥이 치는 것 같았다. 킴이 집 안을 대충 둘러보며 말했다.

"범죄 조직이라고 해서 폭탄 정도는 숨겨 놓은 줄 알았는데 불법으로 임신한 여자들뿐이잖아! 네가 아빠냐?"

소우가 화들짝 놀라 고개를 저었다. 킴이 피식 웃었다.

"농담이야. 이제 돌아가자. 나도 생각 정리했다."

"어떻게?"

"지금까지 쌓은 우정이 있는데 널 영원히 안 보고 살 수는 없지. 돌아가서 우리 부모님이랑 친한 의사한테 정밀 검사 받자. 몰래 치료받을 수 있어. 쿠니리는 농구팀 주장 자리 내주고 입 막았고."

킴의 정리는 간단했지만 소우는 그렇게 해서는 자신의 고민을 해결할 수 없었다. 소우는 스파다인에서 변화의 뿌리를 확인하는 중이었다. 그것은 발정이었고 퇴행이며 범죄였지만 동시에 회복이었고 가능성이며 축복일 수도 있었다. 소우가 말을 돌렸다.

"투는 어떻게 데려왔어?"

"네가 그 사람이랑 이야기하는 거 몇 번 봤어. 혹시 네 가출이랑 관계가 있을까 봐 찾아갔더니 자기도 오겠다고 하더라고. 알고 보니까 고향 여자애한테 관심이 있는 거였네."

킴이 흥미롭다는 듯 소우에게 물었다.

"그 여자애랑 친하니?"

소우가 힘겹게 고개를 끄덕였다. 왠지 킴에게는 대답하기가 미안했다. 킴이 무표정한 얼굴로 창밖을 바라보며 말했다.

"전에는 몰랐는데 황무지가 마음에 든다."

"나도 그래."

소우가 킴과 함께 창밖을 바라보았다. 창에서 새어 나간 불빛이 멀찌감치 서 있는 두 사람의 등을 비췄다. 지니와 투였다.

함께 밖으로 나오긴 했지만 지니는 투를 쳐다보지도 않았다. 투가 뜻밖의 이야기를 꺼냈다.

"네가 영주권 신청을 할 수 있는 방법을 알아 왔어."

지니가 자기도 모르게 고개를 들었다. 투가 지니의 표정을 살피며 말을 이었다.

"렌막에는 기술 이주민이 범죄자를 신고하면 영주권 가산점을 주는 제도가 있어. 그런데 밀입국자가 범죄자를 신고해도 영주권 신청을 할 수 있대."

"그게 가능해? 범죄자가 범죄자를 신고하는 건데?"

"무조건 영주권을 받는 건 아니야. 얼마나 큰 범죄를 신고했느냐에 따라 점수가 달라진대. 실제 사례를 보니까 다섯 명 이상 추방시킬 수 있는 범죄라면 영주권 취득이 가능해. 그렇게 되면 우리는 같이 렘막시티에서 살 수 있어."

투가 공을 물어 온 강아지 같은 표정을 지었지만 지니는 쓰다듬어 줄 생각이 없었다.

"'같이'가 무슨 말이야? 우린 끝났어."

"예전 관계는 끝났지만 새로 시작할 수도 있잖아."

'가장 도움이 필요할 때 등을 돌려놓고 이제 와서 다시 시작하자고?'

지니는 자기도 모르게 욕을 할 뻔했다. 투는 태연했다.

"새로운 시작은 네가 생각하는 그런 게 아니야."

지니는 어이가 없어서 웃음이 나왔다.

"그럼 뭔데?"

투는 차분했다.

"우리가 꿈꿨던 미래는 렘막에서 아무 의미가 없어. 기술 이주민은 결혼을 하지 못해. 렘막 사람들도 대부분 혼자 살아."

"그게 무슨 상관이야. 우리 둘만 변하지 않으면 되잖아."

지니의 목소리가 커졌다. 투가 고개를 저었다.

"그렇지 않아. 내가 변했거든. 전처럼 너에게 목마르지 않아. 네가 싫어진 건 아니야. 단지 전과 다른 방식으로 너와 만나고 싶어."

"친구처럼 말이지?"

지니가 비아냥거렸다.

"진심으로 좋은 친구가 되고 싶어."

변함없이 진지한 말투에 지니는 화가 치솟았다. 차라리 다른 여자가 생겼다고 해도 이렇게 화가 나지는 않을 것 같았다.

"오빠가 왜 이렇게 됐는지 알아. 복합 예방 접종 때문이야!"

"그래. 너도 복합 예방 접종을 맞아야 돼. 그럼 나처럼 자유로워질 거야."

"자유? 자유라고?"

지니의 얼굴이 하얗게 질렸다.

투가 기술 자격시험에 합격한 날, 지니와 투는 첫 입맞춤을 했다. 투는 그 뒤로 원하는 게 많아졌다. 지니의 눈을 바라보기보다 몸을 더 자주 바라보고 만지고 싶어 했다. 투는 미안해하면서도 스스로를 참지 못해 쩔쩔맸다.

지니는 그날 밤을 생각했다. 투와 지니는 갑자기 쏟아진 비를 피해 빈 건물에 들어갔다. 비를 맞고 추워하는 지니에게 투는 겉옷을 벗어 주고 모닥불을 피워 주었다. 투가 차가운 지니의 손을 맨가슴에 품어 줬을 때, 투의 체온만큼 다정한 마음이 전해져 지니의 마음도 함께 뜨거워졌다. 마음과 몸은 함께 가는 법이란 걸 지니는 미처 몰랐다. 점점 달아오르는 느낌에 둘 다 취한 것처럼 정신을 차릴 수가 없었다. 무너져 가는 건물 구석, 모닥불 옆에 펼쳐 놓은 낡은 종이 상자 위에서 지니와 투는 첫 경험을 했다.

폭풍 같은 시간이 순식간에 지나가자 지니는 무슨 짓을 한 건지 머릿속이 멍했다. 투는 지니의 손을 잡고 어깨를 안아 주며 속삭였다. 더 가까워진 거라고, 둘이 함께라면 뭐든 잘될 거라고. 다음 날도, 그다음 날도 그랬다. 그래서 지니는 마음을 다잡을 수 있었다. 나중에 할 일이 조금 당겨졌을 뿐이라고 생각했다. 그런데 한번 입 맞추니 다시 입 맞추고 싶었고, 자꾸 입 맞추면 안고 싶었고, 안으면 만지고 싶었고, 만지면 온몸으로 느끼고 싶었다. 사랑하니까, 평생 함께 있을 거니까 당연한 일이라고 생각했다.

하지만 투는 둘만의 추억과 미래를 동시에 더럽혔다. 함께 모래 밭에서 뒹굴며 놀다가 혼자 손을 씻고 깨끗해졌다며 지니를 비웃는 것 같았다. 투를 다시 만나지 않았다면 좋았을 뻔했다. 그랬다면 추억만이라도 온전하게 간직했을 것이다.

지니의 눈앞에 있는 사람은 예전의 투가 아니었다. 지니는 혼자만 깨끗한 척하는 투의 얼굴에 침을 뱉고 싶었다. 지니가 목소리를 낮춰 말했다.

"오빠가 전에 어땠는지 기억 안 나? 만날 때마다 나한테 칭얼댔잖아. 애처럼 졸랐잖아. 그래도 난 오빠를 믿었는데, 너무 두려워도 진짜 사랑해서 꾹 참았는데, 자기 욕심만 채우고 이제 와선 친구가 되자고? 아! 그냥 친구가 아니지. 좋은 친구지?"

투의 목소리가 커졌다.

"왜 너만 힘들었다고 생각해? 나도 괴로웠어. 널 힘들게 하지 말아야지, 조르지 말아야지 아무리 다짐해도 다음 날만 되면, 너만 보면 하고 싶은 걸 어떡해? 내가 피임약 구해서 먹은 건 아니? 너를 위해서 그런 거 알아?"

"무슨 약?"

지니가 귀를 의심했다. 투가 숨을 몰아쉬었다.

"남자가 여성 호르몬제를 먹으면 성욕이 약해진다고 약사가 그랬어. 그래서 여성용 피임약을 먹었어. 다압에서 그게 얼마나 비쌌는지 알아? 여자처럼 가슴이 나오고 살이 찌는 부작용이 있다고 했지만 너를 자꾸 힘들게 하는 게 싫어서 몇 달 동안 먹었단 말이야. 나도 노력했어!"

변명이 길어질수록 지난 추억은 엉망이 되었다. 투는 말을 하지 말았어야 했다. 그것이 사랑을 배반한 사람이 지켜야 할 마지막 예의였다. 투는 자기의 노력을 지니가 알아주기 원했지만 새로운 치욕을 안겨 주었을 뿐이었다.

투가 더는 참을 수 없다는 듯 쏟아부었다.

"난 성욕에서 자유로워졌어. 이제는 너랑 한 침대에 누워도 밤새도록 이야기만 할 자신이 있어. 너도 그걸 원했잖아. 그럴 수 없냐고 짜증 냈잖아? 그런데 왜 나한테 화를 내? 네가 원했던 걸 지금이라도 해 주겠다는데? 솔직히 말해 봐. 너도 나랑 똑같아. 처음에만 겁을 냈을 뿐 다음부터는 끌려가는 척, 부끄러운 척했을 뿐이야. 지금은 너도 네 욕망을 알지? 알고 보니 네 마음도 나랑 똑같지? 그러니까 같이 렌막시티로 가자. 그럼 너도 나처럼 변할 거야. 날 이해할 거라고! 우린 결국 똑같은 욕망을 가졌던 거야. 그걸 벗어던지면 나처럼 자유로워질 수 있어! 진짜 렌막 사람이 될 수 있다고!"

"저리 가!"

지니의 눈에 눈물이 그렁거렸다. 지니는 지금 이 순간을 참을 수가 없었다. 소우와 킴이 들을지도 모른다고 생각하니까 죽고 싶을 만큼 창피했다. 투가 움직이지 않자 지니가 등을 돌렸다.

"우리 다시는 보지 말자."

투가 지니를 따라가며 설득했다.

"지니야, 내 말대로 해. 해 본 다음에 나를 욕해도 늦지 않아."

"난 사랑이었어!"

"나도 사랑이야. 방법이 달라졌을 뿐이지."

투가 지니의 팔을 잡았다.

"네가 행복해질 거라고 보증할 수 있어. 나랑 같이 렌막시티로 돌아가자. 킴이 도와준대."

"범죄자를 신고하란 말이지?"

"그래. 킴의 아버지가 치안청 간부니까 지금이야말로 기회야."

지니가 걸음을 멈추고 투를 노려보았다.

"기회라고? 혹시?"

"그래. 저기 있는 여자들 다 밀입국자잖아. 불법으로 임신까지 했으면 엄청난 중범죄야."

"말도 안 돼."

"돼! 누군가 너를 신고하기 전에 네가 먼저 신고해야 해. 지금 당장!"

투가 주위를 두리번거렸다. 당장에라도 전화기를 찾아 달려갈 기세였다.

갑자기 환한 불빛이 쏟아졌다. 지니와 투가 손을 들어 눈을 가렸다. 진다이가 차에서 내리더니 투의 유니폼에 붙은 마크를 노려보았다.

"렌막시티의 기능 복무원이 이 시골에는 무슨 일이지? 왜 지니한테 치근덕대는 거야?"

"이야기를 했을 뿐입니다. 고향 친구예요."

진다이가 코웃음을 쳤다.

"이야기를 했다? 이 밤중에 불쑥 나타나서? 너 대체 뭐야?"

"아저씨는 누군데요?"

킴이 어느새 나와 있었다. 진다이가 고개를 흔들었다.

"내가 낯선 사람 들이지 말라고 분명히 말했을 텐데? 시아 어디 있나? 시아!"

갑자기 소란스러워지자 옆집 사람들이 밖으로 나와 이쪽을 바라보았다. 시아가 서둘러 나오더니 진다이의 팔을 잡고 집 안으로 이끌었다.

킴이 뒤따라 들어가더니 진다이에게 물었다.

"아저씨가 집주인인가요? 난 소우를 데리러 왔어요."

"누구 마음대로?"

진다이의 목소리가 커졌지만 킴은 당당했다. 오히려 보고 있는 소우의 가슴이 쿵쿵 뛰었다. 킴이 말했다.

"아저씨가 누구인지는 궁금하지 않아요. 하지만 여긴 소우가 있을 곳이 아니에요. 곧 치안청에서 스파다인을 봉쇄할 거예요. 그전에 소우를 데리고 갈 거예요."

"지니도요."

투가 덧붙였다. 진다이가 킴을 노려보며 휴대전화를 들었다.

"나야. 스파다인을 봉쇄한다는 정보가 있는데 확인해 봐."

오래지 않아 진다이의 휴대전화가 다시 울렸다. 진다이의 목소리가 갑자기 높아졌다.

"그걸 왜 지금 말해? 너 이따위로 일할 거야? 먹었으면 먹은 값을 해야지, 어디다 대고 딴소리야? 뭐야? 너희 국장도 나한테 그런 소리 못 해! 이봐! 이봐!"

진다이가 재발신을 몇 번이나 눌렀지만 끊긴 전화는 다시 연결되지 않았다. 진다이가 휴대전화를 식탁 위에 내던지며 말했다.

"일단 여길 뜨자. 다들 짐 챙겨서 나와!"

여자들이 방으로 흩어졌다. 진다이가 소우와 지니를 재촉했다.

"너희도 빨리 움직여."

킴이 의자에 앉으며 말했다.

"소우는 렌막시티로 돌아간다니까요."

진다이가 화를 냈다.

"너는 입 닥쳐!"

킴이 진다이를 무표정한 얼굴로 바라보았다.

"난 아저씨가 겁나지 않고 이런 데 붙잡혀 있을 생각도 없어요. 치안청의 아주 높은 분이 나랑 친하다는 거 알려 드리죠. 나한테 함부로 하면 아저씨가 다쳐요."

진다이의 주먹이 부들부들 떨렸다. 소우는 가슴이 조마조마했다. 클럽 캥거루가 단속을 당했을 때도 여유로웠던 진다이였다.

진다이가 휴대전화를 다시 집어 들었다.

"작은 둥지로 승합차 한 대 보내. 당장!"

진다이가 부른 차는 금방 나타났다. 약으로 근육을 부풀린 남자가 운전석에 앉아 있었다. 진다이가 시키는 대로 라미, 순, 아난과 시아가 가방을 들고 차에 탔다. 진다이가 소우와 지니에게 말했다.

"너희도 타라."

소우가 진다이에게 말했다.

"우린 작은 둥지에 있을게요."

"시간이 없다니까!"

진다이가 재촉했지만 소우는 끝까지 고개를 저었다. 진다이가 물었다.

"그럼 네 선물은 다른 사람에게 줘도 되냐?"

"선물이라고 부르지 말아요."

소우의 목소리가 떨렸다.

진다이가 지니에게 말했다.

"그럼 너라도 타."

"저도 소우랑 같이 움직일래요."

"이것들이 정말? 매지!"

"나도 남을래요."

눈치를 보던 매지가 소우 뒤에 숨었다. 진다이가 코웃음을 치더니 차에 올라탔다.

"너희, 딴마음 먹으면 안 된다. 소나기는 금방 지나가. 이 바닥에서 너희는 내 손아귀를 벗어날 수 없어."

진다이가 가 버리자 킴이 소우에게 물었다.

"배고파. 먹을 거 없냐?"

"저녁 차릴게요."

매지가 말했다. 킴이 매지에게 살짝 고개를 숙였다.

식탁 분위기가 묘했다. 지니는 아까부터 킴을 지켜보고 있었다. 킴은 사진보다 크고 당당해 보였다. 마치 갈기 없는 수사자 같았다. 소우는 킴 옆에 다소곳하게 앉아 있었다. 지니가 침묵을 깼다.

"킴, 스파다인 봉쇄에 대해서 설명 좀 해 주세요."

역시 지니를 눈여겨보던 킴이 입을 열었다.

"봉쇄, 말 그대로 모든 출구를 막고 이곳을 샅샅이 뒤지겠죠."

"나는 밀입국자예요."

매지가 지니의 옆구리를 찔렀지만 늦었다.

"스파다인을 봉쇄한다면 나도 매지도 붙잡힐 거예요. 밖으로 도망칠 수는 없나요?"

킴이 고개를 저었다.

"봉쇄는 벌써 시작됐어요."

킴이 손가락에 포도 주스를 찍더니 식탁 가운데 동그라미를 하나 그렸다. 그러고는 동그라미에서 뻗어 나오는 세 갈래 선을 그렸다. 가운데 동그라미는 스파다인, 세 갈래 선은 스파다인에서 뻗어 나온 도로였다. 아래쪽으로 뻗은 도로는 렌막시티로 연결되고 좌우로 뻗은 도로는 각각 300, 400킬로미터 떨어진 또 다른 자치 구역인 메디아와 암록으로 연결되었다. 중앙 내륙 곳곳에 자리 잡은 여러 자치 구역들이 그런 식으로 연결되었다.

달아나는 사람을 막기 위해 스파다인 전체를 포위할 필요는 없었다. 도로를 차단하는 것만으로도 봉쇄가 가능했다. 돌밭을 달리는 사륜구동 자동차의 강력한 타이어도 누보 평원의 붉은 먼지흙에는 대책 없이 빠져 들었다. 누보 평원은 걸어서 건널 수 있는 곳도 아니었다. 야생 낙타와 전갈, 사막 들쥐, 맹독을 지닌 사막 방울

뱀만이 누보 평원에서 살아남을 수 있는 동물이었다.

킴은 렌막시티를 떠나며 치안청의 병력이 34번 도로 옆에 집결하는 광경을 보았다. 봉쇄는 한꺼번에 진행되므로 메디아와 암록 쪽에서도 병력이 도로를 막고 스파다인을 향해 이동하고 있을 것이다.

"어떡하지? 아까 따라갈 걸 그랬나 봐."

매지가 울먹였다. 투가 말했다.

"아직 시간이 있어. 지니야, 내가 알려 준 대로 해."

"그게 뭔데? 나도 알려 줘."

매지가 물었지만 지니는 대답하지 않았다. 킴이 기지개를 켰다.

"운전을 오래 했더니 피곤하네. 일단 좀 자고 아침에 맑은 머리로 생각합시다."

소우가 킴의 말을 받아 주었다.

"아침에 술미 할머니 집에 가자. 경험 많은 분이니까 좋은 방법이 있을 거야."

다들 찬성했다. 오늘의 고민이 끝나자 킴이 주위를 둘러보았다.

"소우, 나 어디서 잘까?"

소우가 방 배정을 했다. 방은 다섯 개, 사람도 다섯 명이었지만 소우는 전처럼 주방에서 자기로 했다. 원래 자던 곳이 편했다.

불을 끄고 간이침대에 누웠지만 소우는 좀처럼 잠이 오지 않았다. 몰려오는 해일 앞에 알몸으로 서 있는 기분이었다. 봉쇄가 시작되면 지니는 무사할 수 있을까? 소우가 머리를 싸안았다. 지니가 조용히 다가와 소우의 어깨에 손을 얹었다.

"괜찮아?"

소우가 지니의 손을 잡았다. 지니는 손을 피하지 않고 소우를 이끌었다.

"우리, 별 보러 가자."

둘은 조용히 집 앞으로 나갔다. 가로등 불빛을 피해 도로 건너 황무지로 걸어갔다. 황무지의 어둠은 녹은 초콜릿처럼 진했다. 황무지로 걸어 나갈수록 하늘에 가득 깔린 별들이 밝게 빛났다. 검은 종이 위에 한 줌 가득 굵은 설탕을 흩뿌려 놓은 것 같았다.

소우가 땅바닥에 앉자 지니가 옆에 앉았다.

"이렇게 밤새 앉아 있으면 유성 보이겠지?"

"담요 깔고 누워 있으면 더 잘 보여."

"다음에 해 보자. 너랑 또 유성 보고 싶어."

소우가 피식 웃으며 고개를 끄덕였다. 둘은 오랫동안 하늘을 바라보았다. 잠을 자지 않으면 내일이 오지 않을 것 같았다.

지니는 소우 몰래 주머니에서 반지를 꺼냈다. 투가 다압을 떠나기 전에 끼워 주었던 유리알 반지였다. 손가락에서는 뺐지만 차마 버리지 못했던 물건이었다. 지니는 손가락을 움직여 반지 위에 붉은 흙을 덮으며 속으로 말했다.

'우린 여기까지구나. 네 잘못은 아니야. 안녕!'

밤이 깊어질수록 공기가 차가워졌다. 황무지의 밤은 죽은 나뭇가지에 이슬이 맺힐 정도로 서늘했다.

소우와 지니는 서로 다른 고민을 안고 오랫동안 앉아 있었다. 추위에 몸을 떨면서도 안으로 들어가지 않았다. 둘이었지만 점점 한 사람처럼 보였다.

어두운 창 안쪽에서 킴이 두 사람을 지켜보고 있었다.

늙은 군인

술미 할머니는 불청객들을 반갑게 맞았다. 사정을 들은 술미 할머니의 얼굴이 어두워졌다.

"피닉스에 연락해 봤니? 그분들이 가장 먼저 알아야 해!"

소우가 피닉스의 지하실로 가려고 일어섰을 때 밖에서 사이렌이 울렸다. 긴급 안내 방송이 거리 곳곳에 설치된 비상 확성기를 통해 흘러나왔다.

"알려 드립니다. 렌막 치안청이 정오부터 스파다인 전체 가택 수색을 실시하겠다고 통보했습니다. 지금부터 별도 안내가 있을 때까지 외출을 전면 금지합니다. 주민 여러분은 등록된 주택 내에서 대기해 주십시오. 다시 알려 드립니다. 렌막 치안청이……."

방송은 오 분 간격으로 반복되었다. 고출력 스피커가 내뿜는 진동에 유리창이 깨질 듯 떨렸다.

술미 할머니가 소우를 불렀다.

"우리 집에는 너희가 숨을 곳이 없구나."

킴이 벌떡 일어섰다.

"소우, 이제 됐지? 네가 할 수 있는 일은 끝났어. 돌아가자."

"아직은 아니야."

소우가 중얼거렸다.

"지니한테 도와줄 사람을 찾아 주겠다고 약속했거든."

"야!"

킴이 손바닥으로 소우의 등을 때렸지만 소우는 가만히 있었다.

"아직 내 문제도 결론이 안 났고."

"여기 있다가는 복잡한 일에 휘말릴 거야."

"벌써 말려들었어. 어떻게든 끝을 봐야 해."

주방 안이 잠시 조용해졌다.

쿵!

커다란 가방을 멘 대반 할아버지가 문을 박차고 들어왔다.

"여기들 있었구나! 모두 무기가 될 만한 걸 들어라!"

"무슨 일인데 그래요?"

"도마치 민병대가 몰려오고 있어!"

다압과 도마치의 국경 분쟁은 과거에 여러 차례 전쟁이 일어났을 만큼 오래되었고 그만큼 갈등도 심했다. 렌막시티에서는 민족 갈등을 드러내지 못했지만 자치 구역인 스파다인에서는 달랐다. 도마치인들은 다압인의 범죄 때문에 함께 피해를 볼 수 없다며 무죄를 증명하기 위해 민병대를 조직했다. 비상 출격, 오 분 대기, 기동 타격 등 군사 조직의 신속 대응 훈련으로 평생을 살아온 도마치 은퇴자들의 움직임은 번개 같았다.

도마치의 노인들은 다려 놓은 군복을 옷장에서 꺼내 입고 몽둥이와 사냥용 단도로 무장을 했다. 도마치인의 충성심을 보여 주기 위해, 평생을 복무한 치안청의 작전에 협조하기 위해, 죽을 때까지 다시는 맛볼 수 없으리라 생각했던 국방색 추억의 부활을 위해 조직된 도마치의 민병대들이 다압 지구로 몰려오고 있었다.

대반 할아버지가 가방을 열고 스포츠용 장궁을 꺼냈다. 화살이 가득 든 화살통도 있었다. 대반 할아버지는 체중을 실어 긴 활을 굽히고 시위를 걸었다. 술미 할머니가 장궁에 손을 얹었다.

"싸우지 말고 우리 별장으로 가요."

"길목이 벌써 막혔소."

"그래도 먼저 공격하지는 말아요. 우선 말을 걸어 봐요."

대반 할아버지가 술미 할머니를 껴안았다.

"세상 사람들이 모두 당신 같으면 얼마나 좋을까! 도마치인은 죽을 때도 주먹을 쥐지. 저승사자에게 한 방 날리려고 말이오. 그래도 치안청 병력이 도착하면 도마치 민병대가 멋대로 날뛸 수는 없을 거요. 명령대로만 움직여야 하니까. 그때까지 어떻게든 버텨야 해요."

대반 할아버지가 커튼을 치자 집 안이 어두워졌다. 소우가 킴의 등을 밀었다.

"늦기 전에 너라도 피해."

킴이 말없이 밖으로 나갔다. 투도 지니에게 말했다.

"마지막 기회야. 나랑 가자."

지니가 고개를 돌렸다. 눈치를 보던 매지가 투의 팔을 잡았다.

"지니가 안 간다면 나를 데려가 줘요."

투가 매지의 손을 뿌리치고 밖으로 나갔다. 대반 할아버지가 중얼거렸다.

"그래, 갈 사람은 가라."

발 맞춰 몰려오는 군화 소리가 도로에 울려 퍼졌다. 군가 소리도 점점 커졌다. 대반 할아버지가 넓은 가죽 허리띠를 차고 화살통을 매달았다.

"범죄자들을 청소하자!"

"쓰레기 다압 놈들!"

민병대들의 고함 소리가 울려 퍼졌다. 여기저기서 유리 깨지는 소리가 들렸다. 서너 명씩 조를 이룬 민병대들이 집집마다 수색을 시작했다. 함께 있는 남녀를 찾는 것이다. 남녀가 함께 발견되면 몰매가 쏟아졌다. 가택 수색에 항의하거나 반항하는 사람들은 나이와 성별에 관계없이 폭행을 당했다.

도마치의 민병대 노인들은 기골이 장대했고 젊은이들 못지않게 강건했다. 검붉은 부대 표지가 달린 군복을 입은 민병대 노인들의 눈에는 뜨거운 열기가 넘쳤다. 여자가 많은 다압 노인들은 일단 체격에서 도마치 민병대의 상대가 되지 못했다. 민병대들이 몰려다니며 애써 가꾼 정원과 텃밭을 군홧발로 뭉개고, 가구를 부수고, 아끼던 도자기를 깨도 다압 노인들은 주름투성이 얼굴에 눈물만 흘릴 뿐이었다.

소우가 물었다.

"할아버지, 우리가 떠나면 할머니가 안전할까요?"

"혼자 있어도 나 때문에 봉변을 당할 거다."

술미 할머니가 서랍에서 반죽 밀대를 꺼내 들었다.

"올 테면 오라고 해요. 나도 싸울 거예요."

대반 할아버지가 웃으며 술미 할머니의 이마에 입을 맞췄다.

"그럽시다. 우리 같이 싸웁시다."

소우와 지니도 대걸레와 빗자루를 들었다. 갑자기 문이 활짝 열려 다들 깜짝 놀랐지만 들어온 사람은 뜻밖에 킴이었다.

"무기로 쓸 만한 게 별로 없어."

텃밭에서 찾은 괭이를 들고 킴이 집 안으로 들어왔다. 투도 엉거주춤 킴을 따라왔다. 소우가 반가워하며 킴에게 물었다.

"왜 안 갔냐?"

"친구를 놔두고 혼자 도망갈 수는 없지."

킴이 씩 웃었다.

쨍그랑!

감자만 한 돌멩이가 유리창을 깨고 거실 바닥에 나뒹굴었다.

"이놈들이!"

대반 할아버지가 집 밖으로 뛰어나갔다. 마음 놓고 걸어오던 민병대들이 멈춰 섰다. 대반 할아버지가 화살을 하나 뽑으며 외쳤다.

"말로 할 때 썩 꺼져라!"

민병대 노인들이 몽둥이를 움켜쥐고 욕설을 퍼부었다.

"이 배신자 놈아, 다압 년 치마 속이 그렇게 좋더냐? 송장되기 싫으면 그 활 당장 내려놔!"

"누가 먼저 송장이 되는지 볼까?"

대반 할아버지가 힘을 주어 활시위를 당겼다. 힘을 받은 장궁이 휘어지자 민병대 노인들이 급히 몸을 숨겼다. 특수 부대 베레모를 쓴 노인이 나무 뒤에서 외쳤다.

"네놈 하는 꼴을 보니 우리가 술미라는 년을 바로 찾아왔구나."

"그 이름 함부로 말하지 마라!"

베레모 노인은 나무 뒤에 몸을 숨긴 채 큰 소리로 외쳤다.

"전우들! 여자 때문에 조국을 배신한 놈이 여기 있소!"

다른 집을 수색하던 민병대들이 모여들었다.

"우리도 나가자!"

킴이 앞장서자 소우가 뒤따랐다. 대걸레와 괭이를 든 소우와 킴이 나오자 민병대들이 당황했다. 하지만 뒤따라 나온 지니와 술미 할머니를 보고는 웃음을 터뜨렸다.

"대반이 놈이 늦바람이 날 만하구나. 늙은 년과 젊은 년을 쌍으로 숨겨 두고 있었어."

"노인네들이 걸레를 삶아 먹었나?"

킴이 돌멩이를 집어 던졌다. 베레모 노인을 겨냥해서 던진 돌이 아슬아슬하게 나무등치에 맞았다.

민병대들도 돌멩이와 벽돌 조각, 유리병을 잡히는 대로 집어 던졌다. 민병대원들은 어느새 삼사십 명 정도로 늘어나 있었다.

"안으로 들어가! 빨리!"

대반 할아버지가 소리치는 순간 술미 할머니가 돌에 맞아 쓰러졌다. 대반 할아버지가 이를 악물고 화살을 쏘았다.

쉭!

화난 독사처럼 부들부들 떨며 날아간 화살이 가장 앞선 민병대원의 허벅지에 꽂혔다.

비명을 지르며 한 사람이 쓰러지자 잠시 정적이 흘렀다. 이 틈을 타 지니와 소우는 술미 할머니를 집 안으로 옮겼다. 이윽고 정적을 깨고 분노한 고함 소리가 화산처럼 터져 나왔다.

"배신자 놈이 화살을 쐈다."

"저놈 죽여!"

부상자를 본 민병대의 눈빛에 살기가 돌았다.

돌멩이가 우박처럼 쏟아졌다. 대반 할아버지는 순식간에 여러 개를 맞았다. 킴도 등에 돌을 맞았다. 킴은 태어나서 처음으로 공포를 느꼈다.

방금 전까지만 해도 킴은 은퇴한 기능 복무원 따위가 감히 렌막의 시민에게 손을 대지 못할 거라 생각했다. 권투 실력을 반만 발휘해도 노인들 정도는 감당할 수 있을 것 같았다. 하지만 떼로 뭉친 노인들, 평생 제복을 입고 살아온 용병 민족 도마치의 민병대는 킴이 상상했던 노인들이 아니었다. 민병대들이 외쳐 대는 소리가 들렸다.

"렌막의 은혜에 보답하자! 우리는 혈맹이다!"

"배신자를 죽여라!"

가슴에 묵직한 돌멩이를 맞은 대반 할아버지가 활시위를 당기며 이를 악물었다.

'갈비뼈가 부러졌구먼.'

대반 할아버지는 우박 같은 돌멩이를 견디며 민병대의 선두에게 화살을 날렸다. 민병대의 기세는 압도적이었지만 대반 할아버지가 날리는 화살 때문에 좀처럼 진격하지 못했다.

대반 할아버지에게 정면이 막힌 민병대는 측면을 공격하기 시작했다. 옆에서 날아오는 돌은 잘 보이지 않았다. 돌멩이 하나가 대반 할아버지의 볼에 맞았다. 대반 할아버지가 장궁을 놓치고 무륜을 꿇자 화살이 하늘을 향해 맥없이 날아갔다. 민병대 사이에서 함성이 일어났다.

쓰러지려는 대반 할아버지를 킴이 붙잡았다. 화살에 대한 두려움이 사라지자 여기저기서 민병대들이 벌떡 일어섰다. 어느새 오십여 명이 훌쩍 넘는 숫자였다.

킴이 땅바닥에 떨어진 장궁을 집었다. 킴은 대반 할아버지의 화살통에서 화살을 꺼내 시위에 걸었다. 팔이 부들부들 떨렸다. 운동 신경이 좋은 킴이지만 처음 잡은 진짜 활로 목표를 정확하게 겨냥하는 건 무리였다.

허둥대는 킴을 본 민병대들이 다가오기 시작했다. 킴이 앞장선 무리를 향해 시위를 놓았다.

텅!

화살은 엉뚱한 곳으로 날아갔다. 앞장선 베레모 노인이 비웃었다.

"얘야, 장난감 내려놔라."

"장난감, 맛을, 네놈한테 꼭, 보여 주마."

대반 할아버지가 비틀거리며 일어섰다. 침을 뱉자 피에 섞여 이 하나가 따라 나왔다. 게다가 한쪽 눈이 무섭게 부어 앞이 보이지 않는 상태였다. 킴이 외쳤다.

"할아버지, 괜찮아요?"

"활은 눈 하나로도 쏠 수 있어!"

대반 할아버지가 활을 잡자 민병대 한 명이 또 나뒹굴었다. 대반 할아버지가 킴에게 말했다.

"애야, 부탁 하나만 들어다오."

킴이 돌멩이를 던지며 대답했다.

"뭔데요?"

"내가 쓰러지더라도 네가 나 대신 화살이 떨어질 때까지만 버텨주면 고맙겠다."

킴이 고개를 끄덕였다. 화살통은 이미 반이 넘게 비어 있었다. 킴의 차례까지 오지 않을 것 같았다.

밖으로 나가려던 소우가 책상을 눈여겨봤다. 그러고 보니 주방에는 식탁도 있었다. 소우가 책상을 밖으로 끌고 나오며 지니에게 말했다.

"넌 식탁을 밀고 와!"

지니도 온 힘을 다해 밖으로 식탁을 꺼냈다.

"이걸로 몸을 가려요!"

소우는 현관문 밖에 책상을 놓고 앞으로 눕혔다. 여기에 지니가 밀고 온 식탁까지 합해지자 서너 명이 몸을 가릴 수 있는 공간이 만들어졌다. 지니는 대반 할아버지를 불러 책상 뒤로 몸을 숨기도록 했다. 그동안 소우와 킴은 다가오는 민병대를 향해 힘껏 돌을 던졌다.

대반 할아버지가 얼마 남지 않은 화살통을 보며 킴에게 말했다.

"더 가까워지면 저놈들이 돌격을 할 거야. 집으로 들어가 문을 잠가."

"할아버지도 같이 들어가요."

"문을 모두 잠그고 작은 방으로 들어가라. 끌려 나오지 말고 거기서 최대한 버텨. 치안청의 정규 병력이 도착하면 민병대들이 마음대로 날뛰지 못할 거다."

문 앞에 혼자 남은 대반 할아버지가 집 안을 향해 외쳤다.

"술미 씨! 당신과 함께 보낸 삼 년이 내 인생에서 가장 행복한 시간이었소."

술미 할머니가 밖으로 나가려고 몸부림쳤지만 지니와 소우는 할머니를 놓치지 않았다. 투와 매지까지 달려들어 할머니를 작은 방으로 데려갔다. 킴은 책장과 의자, 냉장고 등을 끌어내 복도에 장애물을 만들었다. 3미터 길이의 복도는 한 사람이 겨우 지날 만큼 폭이 좁았기 때문에 작은 방에서라면 얼마쯤 버틸 수 있을 것 같았다. 킴이 괭이자루를 부러뜨려 창을 만들었다. 소우도 킴을 따라 대걸레 자루를 부러뜨린 뒤 움켜잡았다.

대반 할아버지는 화살이 다 떨어지자 몰려드는 민병대를 향해 두 손으로 장궁을 휘둘렀다. 몽둥이와 부딪친 장궁이 힘없이 부러졌다. 대반 할아버지가 장궁을 내던지고 주먹을 쥐었다. 대반 할아버지 몸에 무겁고 각진 군홧발이 쏟아지자 이불 터는 소리가 났다. 대반 할아버지는 한 사람의 다리를 잡고 매달렸다. 그러나 오래 버티지는 못했다.

대반 할아버지의 팔이 풀리며 몸이 늘어졌다. 검은 베레모 노인이 침을 뱉었다.

"이제 그년들 차례다!"

"앉아서 오줌 싸는 것들이 도마치의 용사에게 반항을 해?"

민병대들이 집 안으로 몰려 들어갔다. 다 잡은 사냥감이었다. 민병대들은 잠긴 문을 하나씩 부수며 가구를 뒤엎었다.

"어디 숨은 거야!"

복도 끝에 있는 문으로 민병대의 눈길이 모였다. 킴이 서둘러 만든 장애물은 별 도움이 되지 못했다. 베레모 노인이 군홧발을 내질렀다. 문이 들썩거리며 요란한 소리가 났다. 몇 번을 걷어찼지만 문은 용케 부서지지 않았다. 뒤에 있던 민병대들이 투덜거렸다.

"늙으면 죽어야지. 그거 하나 못 부숴?"

"좁아서 힘을 쓸 수가 없잖아. 다들 비켜 봐."

공간이 만들어지자 베레모 노인이 몇 발짝 물러났다가 문을 향해 힘껏 달려들었다.

콰작!

문에 구멍이 뚫리며 군화가 쑥 들어갔다. 안에서 기다리던 소우가 봉걸레로 만든 창을 휘둘렀다.

"헉!"

베레모 노인이 정강이를 붙잡고 쓰러졌다. 민병대들이 손가락

질을 하며 낄낄댔다.

"쥐새끼한테 물렸군."

밖에서 도끼가 들어왔다. 대형 망치도 있었다. 도끼를 든 민병대가 문손잡이를 내리찍었다. 불꽃이 튀면서 손잡이가 날아갔다. 도끼질 몇 번에 문이 너덜너덜해졌다. 안에 있는 사람이 보이기 시작하자 민병대들의 웃음소리가 더 커졌다.

"사랑하는 술미 씨가 저기 있다!"

"우리도 뜨겁게 사랑해 주겠지?"

웃음소리보다 크게 밖에서 호루라기 소리가 울려 퍼졌다. 군화 소리가 길거리를 뒤덮었고 고함 소리와 비명 소리가 뒤따랐다.

"기습이다! 집결해라!"

집 안에 있던 민병대들이 당황하며 서로를 바라보더니 서둘러 밖으로 달려 나갔다.

펑!

폭발 소리와 함께 어디선가 검은 연기가 솟아오르기 시작했다. 다압 지구 여기저기서 불길이 치솟았다.

에에에에에에엥!

스파다인 전역에 사이렌이 울리기 시작했다. 치안청의 작전 시작을 알리는 정오의 사이렌이었다.

소우가 너덜너덜한 문틈으로 밖을 살폈다.

"민병대가 갔어."

"방심하지 마, 숨어서 우리가 나오길 기다릴지도 몰라."

킴의 예상대로 요란한 발소리와 함께 집 안으로 다시 사람들이 몰려왔다. 킴이 괭이자루를 휘두르려 하자 소우가 급히 말렸다.

"피닉스 사람들이야!"

앞장선 추이가 하얀 헬멧을 벗었다.

"다들 괜찮아요? 다친 사람은?"

술미 할머니가 울음을 터뜨리며 밖으로 나갔다. 기능 복무원들이 정신을 잃은 대반 할아버지를 돌보고 있었다. 소우가 집 주위를 둘러보았다.

여기저기서 불을 끄는 사람들이 보였다. 환자를 치료하는 사람들이 있었고 하키 스틱과 야구 방망이로 무장을 하고 길목을 지키는 젊은이들도 보였다. 추이가 말했다.

"민병대는 도마치 지구로 물러나서 우리 쪽 사람들과 대치 중이에요."

소우가 놀라서 물었다.

"피닉스는 비밀 조직이잖아요. 이렇게 드러나면 어떡해요?"

"선택의 여지가 없었어요. 민병대가 날뛸 거라고는 누구도 예상하지 못했어요."

추이가 입술을 깨물었다. 킴이 추이에게 말했다.

"치안청을 이기지는 못할 텐데요?"

추이가 킴을 바라보며 천천히 입을 열었다.

"싸우기로 결정한 건 저 사람들이에요. 어차피 체포되면 영원히 헤어져야 하니까요."

아기를 안은 젊은 여자들이 이쪽을 향해 걸어오고 있었다. 커다란 가방을 멘 남자들이 뒤따랐다. 아빠와 엄마 손을 잡은 꼬마들도 있었다. 십 대 청소년들도 보였다. 아기 울음소리가 울려 퍼지자 주위의 노인들이 감전된 것처럼 고개를 들었다.

"오, 세상에! 아기야, 아기!"

"다시 아기를 볼 수 있게 되다니!"

노인들이 눈물을 글썽거리며 아기 엄마들 주위로 모여들었다. 주름진 손가락들이 조심스럽게 아기의 콩알 같은 발가락을 만졌다. 좀처럼 집 밖으로 나올 수 없었던 꼬마들이 신이 나서 주위를 뛰어다녔다. 노인들은 아이들을 쓰다듬고 손을 만지고 등을 토닥였다. 여기저기서 웃음소리가 들렸다.

곳곳에서 타오르던 불길이 잡혔다. 피닉스 대원들은 주택가 가운데 있는 작은 공원에 임시 의료원을 차렸다. 커다란 나무들이 줄지어 있어 시원한 그늘이 펼쳐진 공원이었다.

다압 지구를 담당하는 의사 몇 명과 요양 보조원들이 몰려드는 환자들을 치료했다. 부상이 심한 환자들이 들것에 실려 왔다. 투시 장비가 없어 손가락으로 촉진을 한 의사는 대반 할아버지의 왼팔이 부러지고 갈비뼈마저 여러 개 상한 것 같다는 진단을 내렸다.

"빨리 의료원으로 옮겨야겠습니다."

대반 할아버지가 성한 오른쪽 손을 내저었다.

"난 의료원에 안 가. 죽어도 여기서 죽겠어."

술미 할머니가 그 손을 꼭 붙잡았다. 대반 할아버지가 추이에게 말했다.

"당신들은 군사 작전이 서툴러요. 우리 편 도마치 출신들을 모아서 빨리 작전을 짜야 합니다."

치안청 병력이 도마치와 살레오 지구를 지나 이쪽으로 이동하고 있다는 소식이 전해졌다. 곧 다압 지구 전체 회의가 소집되었다. 추이가 사람들 앞에 섰다.

"두 가지만 빨리 결정하겠습니다."

시간이 없는 만큼 회의는 신속하게 진행되었다. 피닉스를 지지하는 사람들은 치안청의 스파다인 봉쇄에 맞서서 이 공원을 자유 지역으로 만들고 방어하기로 의견을 모았다.

"봉쇄되기 전에 자유 지역에서 나가고 싶은 사람들 먼저 내보내겠습니다. 누구의 눈치도 보지 말고 스스로 결정하십시오."

머뭇거리며 떠나는 사람들이 보였다. 민병대를 피해서 공원 안으로 들어왔지만 피닉스의 정체를 알고 나서 고민하던 사람들이었다. 꽤 많은 사람들이 공원을 떠나 원래 살던 집으로 돌아갔다.

남은 사람들은 물과 식량을 모았다. 공원과 가까운 집마다 욕조에 물을 받고 빈 통에 물을 채웠다. 욕조가 절반쯤 찼을 때 누군가 외쳤다.

"물이 안 나와요!"

"전기도 끊겼습니다!"

다압 지구 전체에 수도와 전기, 가스 공급이 중단되었다. 통신은 이미 끊겼기 때문에 다압 지구는 무인도처럼 고립되었다.

젊은이들이 자동차와 책상, 냉장고와 세탁기 등을 끌어내 길을 막고 방어선을 만들고 있을 때 스파다인 전체에 다시 사이렌 소리가 울려 퍼졌다. 다압 공방전의 시작이었다.

다압 공방전

　자유 지역 사람들은 공원 옆에 있는 3층 건물인 주민 지원 센터를 확보했다. 스파다인의 건물 대부분이 단층이었기 때문에 3층 지붕에 올라서면 멀리까지 보였다.

　"치안청 병력이 와요!"

　지붕에서 고함 소리가 들려왔고 대규모 병력과 차량이 이동하는 소리가 가까워졌다. 시위 진압 장비를 갖춘 진압대 두 개 대대 1천여 명과 개인 화기를 가진 타격대 한 개 중대 120명이 대열을 지어 나타났다. 스파다인 수색을 위해 투입된 병력의 3분의 1이었다.

　길을 막은 방어물 앞에서 치안청 병력이 이동을 멈췄다. 방송차에서 맑고 상냥한 여자 목소리가 울려 퍼졌다.

"알려 드립니다. 여러분은 불법 단체 행동으로 시설물을 파괴했고 치안청의 공무를 방해하고 있으며 공공 기관을 무단 점거하고 있습니다. 속히 등록 주거지로 돌아가 수색에 협조하시기 바랍니다. 자진 해산하지 않으면 십 분 뒤 강제 해산시키겠습니다."

추이가 방어물 앞에 나가 소리쳤다.

"그쪽 책임자와 이야기하고 싶습니다!"

제복을 입은 지휘관이 나타났다. 짧은 대화 끝에 추이가 돌아와 말했다.

"협상은 없다는군요. 준비해야겠어요."

사람들이 분주히 움직이기 시작했다. 곳곳에 벽돌 무더기가 생겼고 저마다 몽둥이를 찾아 들었다. 킴이 소우를 찾았다.

"나서지 말고 뒤로 빠져. 우린 그냥 여행 왔다가 발이 묶인 걸로 하면 돼."

"싫어. 자유 지역을 잃으면 끝이야."

킴은 기가 막혔다. 소우가 크게 착각을 하고 있는 것 같았다.

"뭐가 끝인데? 넌 이 사람들과 달라. 잃을 게 없어."

"아니, 있어."

소우가 대답했다.

"싸울 수 있는 사람들은 모두 방어선 앞으로 나와 주세요."

방어 대원들이 외쳐 댔다. 젊은 남녀들이 할머니들에게 아기를 맡겼다. 아기들이 울어 댔지만 부모들은 이를 악물고 방어선으로 갔다.

지니가 소우를 찾아왔다. 소우는 반가웠지만 걱정이 앞섰다.

"너는 뒤에서 아기들을 돌보는 게 낫지 않을까?"

"지금은 싸울 사람이 필요해."

"해산하십시오. 일 분 남았습니다."

방송차에서 마지막 경고가 들렸다. 진압 대원들이 양쪽으로 갈라지고 최루탄 발사기가 장착된 장갑 차량이 앞으로 이동했다.

소우는 지니에게 하고 싶었던 말이 생각났다. 지금까지 몇 번이나 망설였던 말이었다. 지금이 아니면 이 말을 할 기회가 없을 것 같았다. 소우가 떨리는 목소리로 물었다.

"나, 너 좋아해도 되니?"

지니가 장갑 차량을 노려보며 물었다.

"뭐라고?"

펑! 펑! 퍼벙!

장갑 차량이 최루탄을 발사했다. 지니와 소우의 머리 위로 하얀 궤적이 수십 개 생겼다. 자유 지역 사람들이 대답처럼 함성을 지르며 돌을 던졌다. 소우와 지니도 함께 돌을 던졌다.

대열을 갖춘 진압대가 방패로 상반신을 가리고 발 맞춰 밀려왔다. 돌멩이가 날아들면서 여기저기서 방패가 크게 울렸다.

진압 지휘관인 버람은 삼십 분 안에 진압이 완료될 것으로 예상했다. 상대는 훈련을 받지 못한 오합지졸이었다. 추이에게 협상은 없다고 통보한 데에는 작전이 100퍼센트 성공한다는 자신감이 깔려 있었다.

하지만 예정했던 시간이 지나도 방어선은 뚫리지 않았다. 오히려 우박처럼 쏟아지는 돌멩이에 진압대 쪽에서 속속 부상자가 생겼다. 진압대의 방패는 무릎 아래를 가려 주지 못했다. 이 점을 깨달은 지니가 소리쳤다.

"돌을 아래로 던져요. 정강이가 약점이에요!"

새 떼처럼 높이 날아오던 돌멩이들의 궤도가 변했다. 돌멩이는 연못에 뛰어드는 개구리 떼처럼 낮게 날아오다 길바닥에 맞고 튀어 오르며 제멋대로 방향을 바꿨다.

진압대들이 여기저기서 쓰러졌다. 부상자 하나를 후방으로 끌고 나가려면 두 사람이 필요했다. 대열을 이탈하는 인원이 늘어나자 진압대의 진격이 멈췄다. 남은 대원들은 방패를 내려 무릎 아래를 가렸다. 그러자 가슴 윗부분이 노출되었다. 아래를 향해 날아오던 돌멩이들이 다시 높이 날아오기 시작했다. 깜짝 놀란 진압대원들이 몸을 웅크려 방패 뒤로 숨었다.

진압대의 진격이 멈추자 자유 지역 사람들은 사기가 한껏 올랐다. 자유 지역 사람들이 앞다퉈 방어물 밖으로 나오기 시작했다. 진압대는 그만큼 뒤로 물러설 수밖에 없었다.

"진압대가 밀리고 있습니다. 타격대를 투입할까요?"

부관이 건의하기 전에 버람은 이미 화력 사용을 고민하고 있었다. 하지만 노인과 애송이들이 섞인 오합지졸을 상대로 총기를 사용하면 나중에 문책받을 가능성이 높았다. 상대가 총기를 들지 않은 이상 과잉 진압이 분명했다.

언론을 통제한 상태에서 진행되는 비밀 작전이지만 사망자가 나오면 비밀을 유지하기 힘들어진다. 그러나 진압대의 피해 역시 막아야 했다. 버람에게 두 가지 문제를 동시에 해결할 방법이 떠올랐다.

"도마치의 늙은이들을 앞쪽에 투입한다. 민병대 책임자 불러와."

부관의 얼굴이 환해졌다. 도마치 지구의 민병대는 치안청에서도 예상하지 못한 골칫거리였다. 만약 민병대를 처벌한다면 도마치 사람들의 충성심이 배신감으로 변할 가능성이 높았다. 그들마저 자유 지역 편에 선다면 스파다인 사태는 걷잡을 수 없게 된다.

"충성! 은퇴한 예비역들을 불러 주셔서 감사합니다."

군복을 입은 노인 셋이 버람을 향해 깍듯이 경례를 했다. 경례를 받은 버람이 말했다.

"민병대를 조직한 건 불법입니다만 여러분의 충성심을 고려해 기회를 주겠소. 여러분의 도시를 정리하도록 하시오."

노인들의 얼굴이 밝아졌다. 애송이들의 반격에 밀려 상처를 입었던 자존심을 회복할 기회였다.

앞장선 민병대가 상당한 타격을 받을 테지만 그것이야말로 버람이 기대하는 바였다. 민병대는 감정에 이끌려 폭력적이 될 것이다. 민병대가 자유 지역을 유린하면 진압대가 들어가서 정리를 하는 모양새가 나온다. 공식적으로는 민간인끼리 벌인 분쟁을 치안청이 해결하는 셈이다. 사상자가 발생하더라도 소요를 일으킨 당사자들일 테고, 그럴수록 치안청의 무력 사용은 정당성을 인정받을 터였다.

민병대가 다시 집결하고 있다는 소식을 듣자 자유 지역 사람들의 손길이 바빠졌다. 자유 지역 쪽 인원이 여전히 적으니 관건은 화력이었다.

건축 기능 복무원 출신의 다압 노인들이 새로운 무기를 고안했다. 다압의 주택들은 모두 규격이 같은 쇠 울타리를 사용했다. 쇠울타리를 잘라 땅에 단단히 박고 탄력 좋은 고무줄을 묶으면 대형 새총이 되었다. 각종 기능 복무원 출신인 다압인들의 창고에는 공구와 잡동사니들이 많았다. 잔돌뿐 아니라 공구함의 볼트와 너트도 총알로 사용할 수 있었다. 새총을 발사해 보니 150미터가 넘게 날아갔다. 손 빠르고 기술 좋은 다압 노인들이 분주히 움직이자 곧 방어선을 따라 100개가 넘는 새총이 늘어섰다.

잠시 쉬는 틈을 타 간식이 나왔다. 소우와 지니는 물을 마시고 빵을 나눠 먹었다. 아무것도 바르지 않은 딱딱한 빵이었지만 배가 든든해졌다.

"온다! 온다!"

지원 센터 지붕에서 고함 소리가 들렸다. 모두들 벌떡 일어섰다.

민병대가 보강되자 치안청의 병력은 두 배 가까이 늘어나 있었다. 추이가 소리쳤다.

"거리를 좁히지 못하게 해요!"

새총이 한꺼번에 발사되었다. 볼트와 너트, 잔돌이 보이지 않을 만큼 빠른 속도로 날아가 방패에 부딪치자 엄청난 소리가 났다. 기겁을 한 민병대원들이 방패 뒤에 몸을 숨겼다.

새총의 위력을 확인한 자유 지역 사람들은 신이 났다. 기계공 출신의 은퇴자들이 지하실에 보관해 둔 볼 베어링 상자를 가져오자 새총의 위력은 최대가 되었다.

대형 쇠구슬에 맞은 진압대원들의 방패에 금이 갔다. 튼튼한 투명 플라스틱 방패였지만 묵직한 쇠구슬의 위력을 견뎌 내지는 못했다. 치안청 병력들은 자유 지역의 방어선에 접근하지도 못하고 오히려 전보다 더 멀리 물러서야 했다. 장갑 차량이 배치되고 나서야 치안청 병력들은 숨을 돌릴 수 있었다. 장갑 차량은 화풀이라도 하듯 최루탄을 쏟아부었다.

최루탄 가스를 마신 소우와 지니의 얼굴은 눈물, 콧물로 범벅이 됐다. 손등으로 눈을 비비자 더 따갑고 쓰렸다.

"눈 비비지 마!"

도마치 노인들이 곳곳에 불을 피워 연기를 냈다. 그러고는 넓적

한 물건을 부채처럼 휘둘러 얼굴에 연기를 쏘이게 했다. 담배를 입에 문 사람 앞으로 다들 줄을 섰다. 담배 연기를 눈에 불어 주면 잠시 동안은 눈이 맵지 않았다. 코밑에 치약을 바른 사람도 있었다.

목공 기능 복무원 출신들이 창고에서 자동 망치를 찾아 왔다. 압축 공기 탱크가 달려 있는 자동 망치에 못을 넣고 방아쇠를 당기면 요란한 소리와 함께 쇠못이 총알처럼 발사되었다. 전기가 끊겨 공기 압축기를 돌리지 못하게 되자 사람들이 수동으로 손잡이를 돌려 탱크에 공기를 압축시켰다.

자동 망치 열세 대가 중요한 길목에 배치되었다. 시험 삼아 방아쇠를 당기자 못이 힘차게 날아가 가로수에 박혔다.

화력이 보강되자 엄마들이 지원 센터로 돌아왔다. 엄마를 본 아기들이 웃었고 아기를 본 엄마들은 울었다.

킴은 지원 센터 2층에서 팔짱을 끼고 싸움을 흥미롭게 지켜보았다. 젊은 대원들을 따로 빼내 지시를 내리는 추이가 보였다. 젊은 이들은 진압대에게 들키지 않도록 은밀하게 뒤쪽으로 이동하더니 자유 지역을 빠져나갔다.

두 번째 진압 작전이 실패하자 초조해진 버람이 마지막 카드를 꺼내 들었다.

"타격대 준비시켜!"

대기하고 있던 타격대가 명령에 따라 진압대 앞으로 전진 배치되었다.

전투 상황에 돌입하자 주위가 진공 상태로 변한 듯 조용해졌다. 욕설과 고함, 신음 소리로 시끄럽던 민병대도 사태의 심각성을 깨닫고 입을 다물었다.

버람의 승인이 떨어지자 방탄 헬멧과 조끼를 갖추고 자동 소총으로 무장한 타격대들이 방패를 앞세워 진격하기 시작했다. 곧 쇠구슬이 우박처럼 쏟아졌다.

"경고 사격 실시!"

타격대장의 지시에 따라 대원들이 한 차례 경고 사격을 실시했다. 자동 소총 백여 정이 일제히 발사되는 소리가 스파다인 전체에 울려 퍼졌다. 쇠구슬은 더 날아오지 않았다.

총소리에 깜짝 놀란 아기들이 울음을 터뜨렸다.

추이가 피닉스 대원들을 이끌고 밖으로 달려 나왔다. 천천히 다가오고 있는 타격대들이 보였다. 방어선을 지키고 있던 자유 지역 사람들은 몸이 굳어 버렸다. 다들 꼼짝도 하지 못하고 제자리에 앉아 있었다.

추이가 직접 새총을 발사하며 외쳤다.

"무기가 더 올 거예요! 잠시만 버텨요!"

피닉스 대원들이 쇠구슬을 발사하기 시작했다. 잠시 주춤했던 타격대도 다시 사격을 시작했다. 총알이 장애물에 맞고 튀며 불꽃이 날렸다. 사람들이 비명을 지르며 땅에 엎드렸다.

추이는 피닉스 대원들을 이끌며 열심히 새총을 발사했다. 총알과 쇠구슬은 상대가 되지 못했지만 다들 필사적이었다.

소우는 총소리에 납작 엎드린 자신이 부끄러웠다. 하지만 낮게 날아오는 총탄 사이로 머리를 들 수는 없었다.

새총을 쏘던 피닉스 대원 하나가 소우의 눈앞에서 쓰러졌다. 어깨에서 튄 핏방울이 잔디밭에 흩뿌려졌다. 남자는 비명도 지르지 못했다. 이를 악물고 잔디밭에서 꿈틀거리며 하늘로 손을 내밀 뿐이었다.

소우는 남자와 눈이 마주쳤다. 빠질 것처럼 치뜬 그 눈동자를 본 순간 소우는 고개를 돌리고 말았다. 옆에 있던 지니가 외쳤다.

"도와주자!"

하지만 소우는 잔디밭에서 엎드린 채 고개를 들 용기조차 없었다. 소우가 지니의 손을 꼭 잡았다. 하지만 지니는 소우의 손을 뿌리치고 남자를 향해 기어갔다. 지니가 헉헉대며 기어가는 동안에도 사격은 계속되었다. 장약이 폭발하는 소리, 탄두가 공기를 가르며 날아가는 소리, 건물 벽에서 파편이 튀는 소리, 유리창이 깨지는 소리, 탄두가 나무줄기를 찢는 소리, 누군가 내지르는 비명 소리가 들렸다.

'이제 끝이야.'

소우가 눈을 질끈 감았다. 지니는 악착같이 남자를 끌어와 장애물 뒤에 있는 사람들에게 넘겨 주었다.

뒤쪽에서 고함 소리가 들렸다.

"무기가 왔다!"

추이의 명령에 따라 빠져나갔던 젊은 대원들이 스포츠 센터의 용품 창고에서 스포츠용 산탄총과 공기총, 활을 가져왔다. 오랜만에 총을 손에 쥔 자유 지역 도마치 노인들의 표정에 활기가 돌았다. 손에 뿌듯하게 잡히는 총목과 어깨를 든든하게 받치는 개머리판이 심장에 젊은 피를 펌프질하는 것 같았다. 총과 활은 200명이 무장할 수 있는 수량이었다.

지니가 활을 받아 와 소우에게 내밀었다. 소우가 머뭇거리자 지니가 물었다.

"총 쏠 거야? 총으로 가져다줘?"

"둘 다 싫어."

"그럼 뭘로 싸울 건데?"

소우는 대답을 하지 못했다. 점점 용감해지는 지니와 달리 소우는 갈수록 자신이 없었다. 마음은 지니 곁에 있고 싶지만 지니에게는 자신이 아닌 다른 누군가가 필요한 것 같았다. 더 강한 사람, 더 용기 있는 사람. 지니 곁에 있을 자격이 있는 사람. 소우는 지금이야말로 지니를 위해 떠날 시간이 아닐까 생각했다. 떠나고 싶지 않지만 지니에게 더는 초라하게 보이고 싶지 않았다.

지휘를 맡은 도마치 노인의 구령에 따라 다들 시위에 화살을 걸었다.

"선물을 받았으니 우리도 답례를 해야지!"

여기저기서 시위 퉁기는 소리가 울려 퍼졌다. 자유 지역 사람들은 방어물 뒤에 몸을 숨기고 부지런히 화살을 날렸다. 산탄총의 위력적인 폭발음도 들렸다.

치안청의 타격대가 혼란에 빠졌다. 소나기처럼 날아오는 화살과 탄알에 앞장선 타격대들이 놀라 진격을 멈추었다. 어깨나 팔다리에 화살을 맞은 대원들도 있었다. 비록 스포츠용 활과 산탄총이지만 타격대에게는 상당한 부담을 주었다. 뒤이어 잠시 멈췄던 쇠구슬마저 다시 날아오기 시작했다. 타격대장이 무전을 날렸다.

"여전히 아군 화력이 월등합니다. 화력을 집중해 제압 사격 후 돌격하면 방어선을 무너뜨릴 수 있습니다."

버람은 쉽게 대답하지 못했다. 양쪽 다 큰 희생을 치를 게 분명했다.

"이대로라면 우리 측 희생이 커집니다. 돌격 명령을 내릴까요?"

타격대장이 무전으로 재촉했다. 버람은 급히 쌍안경을 들어 자유 지역 쪽을 살폈다. 순간 버람의 몸이 굳었다. 자유 지역의 지원센터 2층 창가에 낯익은 얼굴이 보였다.

'킴?'

버람은 며칠 전 스파다인에 대해 꼬치꼬치 묻던 딸을 떠올렸다. 버람은 이를 악물었다. 적진에 있는 자식을 본 순간 선택은 하나였다. 버람이 쌍안경을 내려놓고 타격대장에게 지시했다.

"병력 철수시켜."

타격대장이 재확인했다.

"예? 아군 철수입니까?"

"잘못하면 학살극이 벌어지겠어. 타격대를 철수시키고 일단 저들의 요구 조건을 파악한다."

무전을 받은 타격대가 물러나기 시작했다.

중간 지대에서 협상이 벌어졌다. 추이는 치안청 병력이 다압 지구 밖으로 물러나기를 요구했고 버람은 무기 반납과 시위대 해산을 조건으로 내걸었다.

협상은 결렬될 듯 결렬되지 않았다. 무력 진압이 다시 시작되는 상황만큼은 서로 피하고 싶기 때문이었다. 추이가 가장 중요한 요구 사항을 말했다.

"중환자 치료를 위해 의사를 보내 주세요."

"의사가 가 봐야 그쪽에는 의료 장비도 없잖소. 환자를 우리 쪽으로 보내면 의료원에 후송하겠소."

추이가 고개를 끄덕였다. 버람의 조건이 나올 차례였다.

"억류하고 있는 인질들을 풀어 주시오."

"인질은 없어요. 원하는 사람은 이미 다 떠났어요."

"렌막 시민들이 있는 걸 확인했소."

버람은 담담하게 추이의 눈길을 맞받았다.

"좋아요. 확인해서 당사자가 원하는 대로 하겠어요."

추이는 밤 동안 휴전을 요구했고 버람은 이에 응했다. 무기 반납을 논하는 2차 협상 시간은 열두 시간 뒤인 아침 9시로 정했다. 추이와 버람은 결과에 만족스러워하며 자기 진영으로 돌아갔다.

총상을 입은 부상자 열한 명과 사망자 다섯 명이 의료원으로 옮겨졌다. 자유 지역을 떠나겠다는 의사를 밝힌 사람은 은퇴자와 시민을 포함해 500명이 넘었다. 다들 총격전의 충격으로 반쯤 넋이 나간 상태였다. 또다시 이탈자가 생기자 자유 지역에 남은 사람들은 표정이 어두워졌다.

자유 지역을 떠나게 된 킴은 소우를 기다렸다. 저만치서 추이와 마주 선 소우는 자꾸 고개를 내저었다. 추이는 소우를 다독이는 것 같았다. 결국 소우는 킴을 향해 터벅터벅 걸어왔다.

걷다가 지니와 마주친 소우는 고개를 들지 못했다. 지니가 미소를 지으며 물었다.

"돌아가는 거야?"

소우가 고개를 끄덕였다.

"끝까지 못 갈지도 모른다고 했잖아."

"알아. 여기까지도 고마워."

소우가 돌아서자 지니의 얼굴에서 미소가 사라졌다. 지니는 소우의 뒷모습을 바라보았다. 손을 내밀고 싶었지만 그럴 수 없었다.

돌아갈 곳이 있는 소우와 달리 지니는 갈 곳이 없었다. 지금 서 있는 자유 지역이 지니가 있을 수 있는 유일한 장소였다. 지니가 주먹을 꼭 쥐었다.

'그래도 완전히 혼자는 아니야!'

지니 옆에는 손을 굳게 잡은 연인들이 있었다. 대반 할아버지 곁을 지키는 술미 할머니도 있었다. 정신없이 아기를 돌보는 매지도 있었다.

지니는 멀어지는 킴과 소우를 바라보았다. 전부터 생각했지만 둘은 퍽 잘 어울렸다. 투가 힘없이 둘을 따라가다 뒤를 돌아보았다. 지니는 눈길을 피했다. 잠시 뒤 고개를 드니 열렸던 길은 다시 방어물로 막혀 있었다.

버람의 배려로 킴과 소우와 투는 바로 렘막시티로 돌아가게 되었다. 소우는 출발하기 전 급히 자치 사무소를 찾아가 정착 지원부의 준에게 메모리 스틱을 내밀었다. 추이가 렘막시티의 민영 방송국 기자에게 보내는 메시지가 그 안에 담겨 있었다.

렘막시티로 향하는 34번 도로 입구에서는 검문검색이 진행되고 있었다. 한 대씩 샅샅이 뒤지는 바람에 킴이 짜증을 냈다.

"뭐가 이렇게 오래 걸려!"

겨우 출발 허가가 떨어지자 킴이 자동차 속도를 거침없이 높였다. 스파다인 외곽의 간이 공항을 지날 때였다. 소우가 소리를 질렸다.

"멈춰! 빨리!"

킴이 타이어 자국을 남기며 차를 세웠다. 소우가 차 밖으로 나와 활주로를 바라보았다.

활주로 옆에는 대형 트레일러들이 늘어서 있었다. 트레일러 위에는 무한궤도가 달린 보병 전투차가 실려 있었다. 속사포와 유격 장갑으로 무장한 보병 전투차는 보병 분대를 내부에 태우고 방어선을 돌파할 수 있어 시가지 전투에 최적화된 장갑 차량이었다.

"협상이 깨졌나 보다."

킴이 혀를 찼다. 트레일러에서 내려진 전투차들이 딱정벌레처럼 천천히 활주로 위를 움직여 대열을 갖췄다.

활주로 반대편, 아직 회전 날개가 돌고 있는 수직 이착륙기에서는 군인들이 줄지어 내리고 있었다. 완전 무장에 안면 위장을 해 표정을 알아볼 수 없는 특수 부대 군인들은 마치 기계 같았다. 전투를 경험한 소우는 군인들을 보기만 해도 겁이 났다. 곧 저 군인들이 지니를 향해 돌격할 것이다.

"뭐 해? 가자니까."

킴이 거듭 불렀지만 소우는 대답하지 않았다. 차라리 지니가 겁을 냈더라면 이렇게 답답하지는 않았을 것이다. 쏟아지는 총알 앞에서 용감했던 지니는 특수 부대에게도 덤빌 것이다. 소우는 눈을 질끈 감았다. 어디선가 지니의 비명 소리가 들리는 것 같았다. 군화에 밟히는 지니가 보이는 것 같았다. 군인들은 지니의 고운 머리칼과 떨리는 목소리와 따뜻한 미소를 알아보지 못할 것이다. 자유 지역에 있다는 이유만으로 방아쇠를 당길 것이다.

지니가 죽을지도 모른다고 생각하니까 소우는 머릿속이 멍했다. 지니가 이 세상에서 사라질지 모른다고 생각하니 견딜 수가 없었다. 영원히 못 볼 수도 있는데 왜 그렇게 쉽게 떠났을까?

"빨리 출발하자고!"

킴의 목소리에 짜증이 섞였다. 소우가 말했다.

"돌아가야겠어."

"무슨 소리야!"

킴이 소우의 팔을 때렸다. 소우가 대답했다.

"지니를 구해야 돼."

킴이 길옆에 쌓여 있는 흙더미를 발로 찼다.

"몰라! 난 안 돌아가니까 알아서 해!"

소우가 킴의 팔을 잡았다.

"검문소만 통과해 줘. 나머진 알아서 할게."

"내가 왜?"

"약속할게, 무슨 일이 있어도 지니에게 했던 만큼 너를 도울게. 무조건 네 편이 될게. 마지막으로 한 번만 더 도와줘."

소우는 킴의 눈을 뚫어지게 바라보았다. 평소와 달리 소우는 단호했다. 킴은 그 눈빛이 마음에 들었다. 킴이 물었다.

"지니에게 해 준 만큼 나한테도 해 주겠다?"

"당연하지. 우린 친구잖아."

"그냥 친구?"

"가장 친한 친구, 불알친구!"

소우가 다급하게 내뱉은 표현에 킴이 피식 웃었다.

"불알은 필요 없지만 표현은 마음에 든다."

킴이 손바닥을 내밀자 소우가 힘차게 내리쳤다.

킴이 숙소에 두고 온 물건이 있다고 우겨 대자 버람의 딸을 알아본 치안원들이 검문소를 열었다. 킴의 차가 검문소를 떠나고 얼마 되지 않아 군인들이 검문소를 인계받았다. 오후 7시를 기해 치안청의 작전이 종료되었고 스파다인은 국방성이 파견한 특수 부대의 통제 아래 들어갔다.

스파다인에 어둠이 내렸다. 전력이 차단된 다압 지구에서 환하게 조명이 켜진 곳은 군인들이 구축한 진지뿐이었다. 모닥불을 지핀 자유 지역 사람들은 조명 속에 바쁘게 움직이는 군인들을 불안한 눈으로 바라보았다. 협상이 파기되었다는 소식이 전해지자 사람들의 불안감은 더욱 커졌다. 군인들은 주 방어선뿐 아니라 곳곳에 병력을 나눠 배치해 자유 지역 전체를 포위했다. 자유 지역은 다시 봉쇄당했다.

킴이 주택가에 자동차를 세웠다. 진압군의 봉쇄선에서 상당히 떨어진 곳이었다. 킴이 소우를 따라 차에서 내리며 물었다.

"이제 어쩌려고?"

"어떻게든 자유 지역으로 들어가야지."

돌아오는 길 내내 말없이 짐칸에 앉아 있던 투가 차에서 뛰어내렸다.

"나도 갈게."

소우가 미심쩍은 눈빛으로 바라보자 투가 말했다.

"그런 눈으로 보지 마. 일단은 지니를 구하는 데 힘을 모으자."

"어떻게 할 건데요?"

"지니에게 가는 길은 내가 찾을 테니까 설득하는 건 네가 맡아."

투가 말라붙은 길옆 배수관의 덮개를 열더니 안으로 들어갔다. 뒤따라가는 소우를 향해 킴이 말했다.

"실패하면 다시 이리로 와!"

어차피 이렇게 되었으니 킴은 소우를 좀 더 기다려 줄 생각이었다. 오래 걸리지 않을 듯했다.

고성능 확성기가 달린 드론이 자유 지역 상공에 나타났다.

"무기를 버리고 투항하라! 무기를 버리고 투항하라!"

자유 지역 사람들은 고민에 빠졌다. 흰 깃발을 들고 협상 의사를 물으러 간 전령은 바로 체포당했다. 진압군의 태도는 분명했다. 월등한 전력으로 자유 지역을 진압하려는 것이다.

추이가 사람들을 불러 모았다.

"이럴 때 칵테일 한잔 어때요?"

무기 반납을 반대하던 사람들이 격렬한 반응을 보였다.

"제정신입니까? 전투 중에 술은 독이에요!"

추이가 빙그레 웃었다.

"허전한 마음을 달래 줄 칵테일이 생각났어요. 옛날식이긴 하지만 몰로토프 칵테일이 좋을 것 같아요."

"몰로토프 칵테일!"

순간 정적이 흘렀다. 젊은 대원들은 어리둥절했지만 도마치 노인들 입가에는 서서히 미소가 떠올랐다.

"그거라면 한잔 괜찮을 것 같군요."

"꽤 독한 놈이지?"

평생을 유격전 교관으로 보낸 도마치 노인이 나섰다.

"내가 바텐더를 맡죠."

지원 센터 1층의 재활용 창고에는 빈 와인병이 수백 개 쌓여 있었다. 도마치 노인은 주유소에서 확보한 휘발유에 페인트 희석제를 적당히 섞었다. 사람들은 그 액체에 모래를 넣거나 설탕을 녹여 혼합액을 만들었다. 와인병에 혼합액을 주입하고 천을 잘라 심지를 박으면 끝이었다. 화염병이라고도 불리는 몰로토프 칵테일 수백 개가 복도에 줄줄이 늘어섰다.

"저놈들도 이 맛을 좋아할 거야. 화끈하거든."

그 말을 듣기라도 한 듯 땅이 울리기 시작했다. 고속으로 회전하는 냉각 팬 소리와 금속 무한궤도 소리를 내며 전투차가 서서히 다가왔다.

노인들의 축복 속에 심지에 불을 붙인 몰로토프 칵테일이 휙휙 날아갔다. 공격보다는 경고의 의미였다.

픽! 퍼벅! 펑!

요란한 소리와 함께 폭발이 일어났다. 검은 연기 덩어리를 따라 붉은 화염이 치솟았다. 모래는 화염이 넓게 퍼지게 했고 설탕은 화염이 공격 대상에 달라붙게 했다.

길이 불바다로 변하며 주위가 환해지자 전투차가 진격을 멈췄다. 귀를 찢을 듯했던 전투차의 냉각 팬 소리가 낮아졌다.

"무기가 없는 사람들은 칵테일 병을 들고 길가 집으로 숨어. 길이 좁으니까 일단 전투차를 세우기만 하면 장애물이 확보되는 셈이야. 엔진실 상단 공기 흡입구와 포탑 옆 사격 통제 센서 뭉치가 약점이다. 칵테일이 떨어지면 당장 항복해도 된다."

바텐더 노인의 지휘 아래 사람들이 각자 맡은 지역으로 흩어졌다. 당장이라도 진격할 듯했던 전투차는 좀처럼 움직이지 않았다. 대기 상태에서 낮게 돌아가는 엔진 소리는 으르렁대며 공격을 준비하는 맹수의 소리처럼 불길했다.

맛만 보았던 몰로토프 칵테일의 불이 꺼지고 검은 연기마저 사라졌다. 군인들의 진지에서도 조명이 꺼진 지 오래되었다. 모두가 잠든 듯 고요했지만 누구도 잠들지 못하는 새벽 1시였다. 다들 숨을 죽여 어둠 속에서 상대 지역을 바라보고 있었다.

작전 개시 한 시간 전이었다.

깊은 밤 낮은 곳

소우를 본 지니가 털썩 주저앉았다. 소우의 머리는 붉은 흙먼지로 검붉게 변했고 땀투성이 몸에도 붉은 진흙이 엉겨 붙어 있었다. 팔꿈치와 무릎의 상처에는 아직도 피가 흘렀다.

"왜 돌아왔어? 왜!"

말은 그렇게 했지만 지니의 눈동자는 기쁨으로 반짝거렸다.

투와 소우는 어깨가 겨우 빠져나갈 만큼 좁은 배수관을 한 시간 넘게 기어야 했다. 앞장선 투는 어둠 속에서 작은 손전등 하나로 방향을 잡았다. 렌막의 상하수도 배관은 다압 출신 기능 복무원들이 설치한 것이었고 투의 전공 또한 배관이었다.

지니를 만날 때까지는 배관을 읽을 줄 아는 투가 앞장섰지만 지니의 마음을 바꾸는 것은 소우의 몫이었다. 투가 조용히 돌아섰다. 내색하지 않으려 해도 소우 옆에서 웃는 지니를 보는 건 여전히 힘이 들었다.

소우는 지니를 설득하려 애썼다.

"결과는 뻔해. 우리 같이 빠져나가자."

"대반 할아버지랑 술미 할머니는? 매지는? 함께 싸운 사람들은 어떻게 하고?"

"어차피 모두 도망칠 수는 없어!"

"난 못 해! 어떻게 그래?"

지니가 고개를 저었다. 소우가 지니의 어깨를 잡았다.

"우리 둘만 생각하면 안 되니?"

지니가 고개를 들었다.

"뭐?"

"내가 왜 돌아왔는지 모르겠어?"

지니가 소우의 눈을 쳐다보았다. 소우의 눈빛은 예전처럼 수줍고 불안하지 않았다. 정답을 아는 아이처럼 맑고 힘찼다. 지니의 뺨이 자기도 모르게 붉어졌다. 소우가 다시 말했다.

"자유 지역 사람들이 원하는 건 결국 우리가 살아남는 거야."

"그렇지. 결과가 가장 중요하지."

지니 대신 귀에 익은 목소리가 대답했다. 뒤를 돌아본 소우와 지니는 진다이를 보고 입을 다물지 못했다. 진다이가 투덜거렸다.

"버람에게 협상가라고 하고 겨우 들어왔는데 군인들이 판을 뒤집었어. 눈치 없는 놈들! 어쨌든 치안청 대신 군대가 나섰으니 여기는 가망이 없어."

진다이가 둘 사이에 끼어들어 어깨동무를 했다.

"탈출로를 확보한 건 잘했다. 선물 세트를 줘야겠어."

진다이는 둘을 이끌고 사람들이 모여 있는 지휘부로 향했다.

지휘부에서는 노인들이 추이와 피닉스 대원들을 몰아붙이고 있었다.

"이럴 거면 왜 싸움을 시작한 거요?"

"이 시점에서 사람들을 더 내보내면 우리가 겁먹었다는 걸 인정하는 꼴이야!"

최소 인원만 남고 모두 투항시키자는 것이 추이의 의견이었다. 진압 작전을 앞두고 힘을 모아야 하는 상황에서 내릴 결정은 아니었다. 추이가 입을 열었다.

"여기서 지면 모든 것이 끝인가요?"

"……."

뜻밖의 질문에 주위가 조용해졌다. 추이가 다시 물었다.

"자유 지역이 영원히 사라지는 건가요?"

"그러니까 지키려면 싸워야지!"

여기저기서 찬성하는 목소리가 들렸다. 추이가 보일 듯 말 듯 미소를 지으며 고개를 끄덕였다.

"맞아요. 하지만 저들과 우리는 싸우는 방법이 달라요. 전투는 짧지만 전쟁은 길어요. 전쟁을 계속하려면 씨앗을 살려야 해요."

"그래서 항복을 하자? 비겁한 자들이 원래 말이 많아!"

"우리 도마치인들은 항복이란 말을 몰라!"

다시 회의장이 시끄러워졌다. 추이가 총을 들고 일어섰다.

"항복은 없어요. 나는 제안합니다. 죽음으로 렌막 전체에 메시지를 보냅시다. 마지막 총소리가 울려 퍼지면 렌막 사람들은 우리의 선택에 대해 생각하게 될 거예요. 그러면 우리가 남긴 씨앗들이 자랄 수 있어요. 렌막 곳곳에는 피닉스의 조직이 여전히 남아 있어요. 그곳으로 우리가 키운 민들레 씨앗을 날려야 해요. 미래에 생길 수백 개의 자유 지역을 위해서요."

노인 중 한 명이 확인하듯 물었다.

"우리는 남아서 한판 크게 붙는다?"

"그래요."

"젊은이들은 내보내서 살리고?"

추이가 고개를 끄덕였다. 노인들이 피식 웃었다.

"본론을 먼저 말했어야지!"

진다이가 사람들 앞에 나섰다.

"한 가지 제안이 더 있습니다. 살레오 지구에 확보해 둔 피난처가 있습니다. 투항할 이들 중 몇 명을 그리로 데려가겠습니다."

추이가 물었다.

"피난처에는 몇 명이 들어갈 수 있죠?"

"여성 전용 시설인데 네 명 자리가 있습니다."

추이가 고개를 끄덕였다.

"이것으로 회의를 정리하죠. 방어선을 열고 사람들을 내보내겠어요. 지원 센터를 우리의 최후 거점으로 하겠습니다."

잠든 것 같았던 자유 지역이 꿈틀대기 시작했다. 이번이 성한 몸으로 자유 지역을 나설 수 있는 마지막 기회라는 것을 다들 알고 있었다. 자유 지역을 나서면 어떤 운명이 기다리고 있을지 몰랐지만 한 가지만은 확실했다. 연인들은 죽음과 이별 중에 하나를 선택해야 했다.

지니는 여전히 망설였다. 세 가지 중 하나를 선택할 수 있다. 끝까지 싸우다가 죽거나, 투항해서 다압으로 추방당하거나, 소우를 따라가거나.

소우가 돌아오지 않았다면 기꺼이 총을 들고 싸웠겠지만 소우의 얼굴을 본 순간 지니는 어떻게든 살고 싶었다. 소우와 오래오래 더 많은 이야기를 나누고 싶었다. 그렇지만 소우의 뒤에는 진다이가 버티고 있었고 자신은 여전히 밀입국자 신분이었다. 소우를 따라간다는 것은 결국 진다이의 손으로 들어가 아빠가 누군지도 모를 아기를 가져야 한다는 뜻이다. 그렇게 살아도 괜찮은 걸까?

소우는 초조한 눈빛으로 지니를 지켜보았다. 마지막 결정의 순간의 순간에는 어떤 말도 도움이 되지 않았다. 지니가 고개를 들고 소우를 향해 입을 열었다.

"나는⋯⋯."

"지니! 지니 아가씨!"

아기를 안은 남자가 지니에게 달려왔다. 지니가 깜짝 놀라며 한 걸음 나섰다.

"다미 아빠?"

클럽 캥거루에서 아기를 훔쳐 달아났던 다미 아빠가 눈앞에 있었다. 지니가 입을 열기도 전에 다미 아빠가 복잡한 표정으로 애원했다.

"지니 아가씨가 여기 있다는 건 며칠 전부터 알았는데 다미를 뺏길까 봐 계속 숨어 있었어. 끝까지 안 들키려고 했는데 사정이 급해서 염치없이 온 거야. 저 사람이 확보한 피난처로 다미를 좀 데려가 줘. 나도 따라가려고 했지만 남자는 안 된대. 나중에 어떻게든 다미를 찾으러 갈게. 그때까지만 다미를 맡아 줘. 나는 절대 다미랑 헤어질 수 없어. 제발 부탁이야."

다미 아빠는 지니 앞에서 무릎을 꿇었다. 지니는 자기도 모르게 아기를 받았다. 제대로 씻기지 못하고 기저귀도 갈아 주지 못해, 아기에게서 침과 오줌 냄새가 지독하게 풍겼다. 아기는 활짝 웃으며 지니의 머리카락을 만지려고 손을 뻗었다. 지니는 아기를 가슴에 꼭 끌어안았다. 렌막에서 가장 많은 시간을 함께 보내고 가장 많이 지니를 향해 웃어 준 존재였다. 보름밖에 헤어져 있지 않았지만 몇 년 만에 만난 듯 반가웠다.

"아기야, 언니야, 언니."

진다이가 지니에게서 아기를 떼어 내려 했다.

"훔쳐 갈 땐 언제고 이 꼴로 반품을 해?"

지니가 아기를 꼭 껴안고 진다이에게 말했다.

"다미랑 같이 못 가면 나도 안 갈 거예요."

다미 아빠가 진다이를 피해 도망치며 지니에게 소리쳤다.

"죽어도 다미를 찾으러 갈게. 정말 고마워, 지니 아가씨!"

아기를 안은 지니가 소우를 바라보았다. 소우는 지니를 향해 고개를 끄덕였다.

투항을 택한 사람들을 빼자 자유 진영에는 200여 명이 남았다. 추이가 떠나는 사람들을 위로했다.

"힘내요. 여러분은 더 힘든 싸움을 하러 가는 겁니다."

추이가 목걸이를 풀어 소우의 목에 걸어 주었다. 목걸이에는 상아색 뼛조각으로 만든 새가 달려 있었다. 낡은 가죽 목걸이에서 얼핏 땀 냄새가 났다.

"내 작은 새가 행운을 가져다줄 거예요."

추이는 지니와 소우를 힘차게 안아 주고 돌아섰다.

투항하는 사람들은 남은 사람들을 차마 바라보지 못하고 백기를 따라 걸었다. 여기저기서 인사를 건넸다.

"미안해하지 마. 끝까지 사랑하면 되는 거야!"

"우리 몫까지 애를 천 명쯤 낳아 줘."

소우와 지니는 투항자들 무리를 벗어나 술미 할머니에게 갔다.

"할머니, 같이 가요."

"지금 헤어지면 영원히 못 만날 테니까 우린 여기 남을 거야. 너희 둘도 어떻게든 함께 있어야 한다. 눈에서 멀어지면 마음에서도 멀어져."

한 손으로 총을 든 대반 할아버지가 소우에게 속삭였다.

"내가 좋은 곳을 알려 주마. 나와 술미 씨가 만들어 놓은 별장을 찾아가렴."

지니는 두 노인의 볼에 입을 맞추고 일어섰다.

"죄송해요. 그리고 고마워요."

술미 할머니가 웃으며 손을 흔들었다.

진다이가 소우를 재촉했다.

"빨리 가자. 시간 없어."

진다이 뒤에는 낯선 여자애 두 명이 긴장한 얼굴로 서 있었다. 지원 센터 뒤쪽에는 일 년에 하루 이틀 몰아서 쏟아지는 빗물을 받기 위한 대형 빗물 탱크가 있었다. 빗물 탱크 옆에는 지하 배수관 입구가 있었다. 소우와 투가 배수관 철망을 열었다.

진압군의 작전 개시 직전, 자유 지역에서 대규모 투항이 있었다. 군인들은 조명을 켜고 투항자들을 받아들였다. 투항자들은 손발이 묶였고 남녀가 격리됐다. 투항이 마무리되고 다시 조명이 꺼지자 대기하고 있던 병력들이 일제히 야간 투시경을 켰다. 어둠 속에서 적은 이쪽의 진압군을 볼 수 없지만 진압군은 방탄 헬멧에 장착된 야간 투시경을 통해 적을 훤히 볼 수 있었다.

카운트다운이 시작되었을 때 또다시 긴급 호출이 들어왔다. 후방에서 소형 항공기가 접근하고 있다는 보고였다. 비공개 작전이고 렌막시티에서 떨어진 곳이라 비행 금지 구역을 설정하지 않은 지휘부는 잠시 당황했지만 작전을 예정대로 진행하기로 했다. 카운트다운이 계속되고 명령이 떨어졌다.

"안전장치 해제!"

엄지손가락 수백 개가 일제히 자동 소총의 안전장치를 풀었다.

"삼!"

"이!"

"일!"

스파다인의 밤하늘에 폭발음이 울려 퍼졌다.

지니는 소우의 바람막이 재킷을 입고 아기를 그 속에 넣었다. 얌전한 아기였지만 엄마 배 속처럼 좁고 답답한 옷 안에서 가만히 있을 리가 없었다. 배수관에 들어서자마자 울음을 터뜨린 아기 때문에 지니는 신경이 곤두섰다. 무릎과 팔꿈치로 기어가기도 좁은 공간에 귀를 찢을 듯한 아기 울음소리가 울려 퍼지자 앞뒤 사람들도 짜증을 냈다.

투가 앞장을 서고 그 뒤를 지니와 소우, 다른 사람들이 따라갔다. 지니는 아기 때문에 속도가 느렸기 때문에 앞서가는 투를 계속해서 불러 댔다.

"같이 가, 기다려!"

쿵!

머리 위에서 폭발음이 전해져 왔다. 좁은 배수관 안에 폭발의 진동이 전해지자 배관 이음매에서 먼지흙이 주르륵 흘러내렸다. 사람들이 기어가며 일으킨 흙먼지까지 더해져 숨을 쉬기가 힘들 정도였다. 배수관 안에 기침 소리가 그치지 않았다. 폭발 소리는 짧고 강했다. 뒤이어 자동 화기 소리가 울려 퍼졌다.

두두둑! 두둑!

대답처럼 아기가 발작하듯 울기 시작했다. 지니는 옷 속에서 울려오는 아기 울음소리가 차라리 아득하게 느껴졌다.

'관에 들어가면 이럴까?'

혹시 앞이 막힌다면 꼼짝 못 하고 배수관 안에서 죽을 수밖에 없다. 몸부림치고 싶은 마음과 몸부림조차 칠 수 없는 공간의 압박 사이에서 가슴이 터질듯 답답했다. 뒤쪽에서 찢어질 것 같은 비명 소리가 들렸다.

"나 못 가겠어. 당장 내보내 줘."

마지막에 따라오던 여자였다. 앞장선 투가 움직임을 멈추자 기어가던 사람들이 줄줄이 부딪혔다. 여자 바로 앞에서 기어가던 진다이가 앞을 향해 외쳤다.

"멈추지 말고 가!"

진다이가 뒷발질로 여자를 차서 움직이게 하려 했지만 여자는 버티며 소리를 질렀다.

"못 움직이겠어. 숨 막혀 죽겠어!"

진다이가 몇 번을 차도 여자는 숨넘어갈 듯 비명만 질러 댔다.

지니도 발작을 할 것 같았다. 지니가 자기도 모르게 부들부들 떨자 누군가 조용히 손을 뻗어 지니의 발목을 잡았다. 뒤따라오던 소우였다. 소우는 지니의 발목을 잡은 손에 지그시 힘을 줬다. 상냥하게 달래듯 따뜻한 움직임이었다. 잠깐 체온이 느껴졌을 뿐인데 지니의 마음이 가라앉았다. 둘은 다시 힘을 내어 기기 시작했다.

마지막 여자는 비명을 멈추지 않았다. 사람들은 뒤쫓아 오는 비명 소리에서 도망치듯 팔다리를 빨리 움직였다. 비명 소리가 점점 멀어졌다. 팔꿈치와 무릎이 참을 수 없을 만큼 뜨거웠다. 가끔 잔돌이라도 눌리면 전기가 통한 것처럼 아팠지만 계속 기어야 했다. 그래야 배수관을 나갈 수 있다.

사람들이 빨리 움직일수록 흙먼지가 짙어졌다. 흙더미에 혀를 박고 있는 느낌이었다. 목이 마르고 콧구멍마저 점점 좁아졌다. 기는 것도 힘들지만 숨쉬기는 더 힘들었다. 어느 틈엔가 아기도 울음을 그치고 숨을 헉헉댔다.

'더 못 가겠어.'

지니가 생각한 순간 투의 고함 소리가 들렸다.

"나왔다!"

앞에서 투가 들고 있는 손전등 불빛이 보였다. 사람들이 하나둘 배수관에서 기어 나왔다. 배수관들이 모이는 집수조가 보였다. 큰 방만 한 집수조는 커다란 배수 터널로 연결되어 있었다. 배수 터널은 허리를 펴고 걸을 수 있는 높이였다.

배수관을 빠져나온 사람들은 기침과 함께 정신없이 붉은 침을 뱉었다. 마지막으로 배수관을 빠져나온 사람은 진다이였다. 진다이가 눈짓을 하자 투가 배수 터널로 발길을 옮겼다.

숨통이 트이며 속도가 나자 다들 마음을 놓았다. 어찌 되었든 진압을 피한 것이다.

"우리 아기 착하지? 착하지?"

지니가 아기를 밖으로 꺼내 달랬다. 아기는 탈진을 했는지, 시원한 공기를 마셔 기분이 나아졌는지 숨소리를 쌔근대며 잠이 들었다.

한참을 걷자 앞장서서 걷던 투가 손전등을 껐다.

"다 왔어요."

"여기가 어디냐?"

"주택 단지 가운데요."

"주택 단지로 나갈 수는 없지. 배수 터널이 끝나는 곳까지 가자."

"계속 걸으면 끝이 나와요."

배수 터널의 끝은 황무지로 연결되어 있었다. 진다이는 인적이 드문 황무지 근처에 모두를 숨겨 두고 차를 가져올 생각이었다.

"우리는 이 사다리를 타고 밖으로 나갈게요."

소우가 벽에 일정한 간격으로 박힌 금속 손잡이를 가리켰다. 배수 터널에서 도로로 올라갈 수 있는 사다리였다. 소우가 지니의 손을 잡자 진다이가 말했다.

"그 손 놓아라."

소우가 침을 꿀꺽 삼켰다. 쉽게 이 자리를 떠나지 못할 것 같은 느낌이 들었다.

진다이가 지니의 팔을 잡았다.

"나한테 진 빚을 떼먹으려는 건 아니겠지?"

지켜보던 투가 나섰다.

"지니가 스스로 결정하게 해 줘요."

"너 같은 게 끼어들 자리가 아니야!"

진다이의 목소리가 커졌다. 투도 지지 않고 진다이를 노려보았다.

"당신을 어떻게 믿고 지니를 보내요?"

"당신?"

"그래, 당신!"

투는 처음부터 진다이가 마음에 들지 않았다. 지니가 진다이만 보면 기가 죽는 것도 수상했다. 게다가 지니가 이렇게 된 데는 자기 책임도 있다고 생각했다.

투가 거세게 나오자 지니는 힘을 얻었다. 여럿이 힘을 모으면 아무리 진다이라도 어쩔 수가 없을 것이다.

"난 소우랑 같이 갈 거예요. 매지야, 너도 갈 거지?"

"나?"

매지가 망설였다. 투가 지니를 밀었다.

"여긴 내가 맡을 테니까 먼저 올라가."

소우와 지니가 사다리에 매달렸다.

"이것들이!"

진다이가 옷 속에서 총신이 짧은 반자동 권총을 꺼냈다. 권총을 본 사람들이 얼어붙었다.

"맡아? 네까짓 게 누굴 맡아?"

진다이가 투의 정강이를 걷어차자 투가 주저앉았다. 진다이는 소우에게도 주먹을 휘둘렀다. 소우가 팔을 들어 얼굴을 가렸지만 진다이는 여지없이 빈틈을 찾아 주먹을 꽂았다.

"건방진 놈! 어디 내 캥거루를 빼돌리려고!"

모두 앞에서 캥거루로 불리자 지니는 온몸에 힘이 빠졌다. 지니가 비틀거리자 옆에 있던 여자애가 급히 아기를 넘겨받았다.

"전부터 맛을 좀 보여 주려고 했다. 다시는 기어오르지 못하게 해 주마!"

눈빛이 달라진 진다이가 권총 손잡이로 소우의 머리를 내려치려는 순간 지니가 진다이에게 달려들었다.

"이 나쁜 놈아!"

지니는 권총을 든 진다이의 오른손에 매달렸다. 진다이는 왼쪽 주먹으로 지니를 마구 때렸다. 팔꿈치로 옆구리를 맞은 지니의 입에서 바람 새는 소리가 들렸다.

"헉!"

눈을 하얗게 치뜬 지니가 무릎을 꿇었다. 진다이를 붙잡았던 손이 서서히 풀렸다.

"으아아!"

지니를 부축하려던 소우가 진다이의 얼굴을 향해 주먹을 뻗었다. 진다이가 주먹을 피하다가 중심을 잃고 넘어졌다. 소우가 진다이 위에 올라타며 투에게 소리를 질렀다.

"뭐 해요! 지금이에요!"

투가 절뚝거리며 진다이에게 달려들었다. 투와 소우가 진다이의 권총을 빼앗으려 몸싸움을 벌이는 동안 매지는 벌벌 떨며 주위를 둘러보았다. 저만치에 벽돌 크기의 붉은 돌덩이가 보였다. 매지가 돌덩이를 집어 들고 돌아서는 순간, 배수 터널 안에 총소리가 울려 퍼졌다.

따앙!

망치로 맞은 것처럼 귀가 멍멍해졌다. 총소리는 배수 터널을 타고 도시 곳곳으로 메아리를 일으키며 퍼져 나갔다. 붉은 흙먼지로 가득한 콧속에 매운 장약 냄새가 왈칵 밀려들었다. 총소리에 화들짝 깬 아기가 다시 울음을 터뜨렸지만 이미 목이 쉬어서 헉헉대는 소리밖에 나지 않았다.

총에 맞은 투가 털썩 쓰러졌다. 소우는 혼자서 진다이와 맞섰다. 덩치 큰 진다이의 품 안에 소우가 안긴 꼴이었다. 소우는 총을 든 진다이의 오른손을 밖으로 밀어 내려 죽을힘을 다했다.

"도와줘!"

소우가 이를 악물고 소리쳤다.

"아무도 움직이지 마라."

진다이가 눈을 부릅떴다. 진다이의 목소리를 듣자 매지는 움직일 수가 없었다. 손에 들었던 돌이 바닥에 떨어졌다. 매지는 진다이의 입가에 얼핏 떠오른 미소를 보았다. 매지는 몇 초 뒤에 무슨 일이 벌어질 것인지 알 수 있었다. 총소리가 날 것이다. 소우가 쓰러질 것이다. 진다이는 여자애들만 데리고 이곳을 떠날 것이다.

"죽이지 마요!"

매지가 온 힘을 다해 진다이의 오른팔에 매달렸다.

"방해하면 다 죽인다!"

소우가 결국 진다이의 팔을 놓치고 허리에 매달렸다. 매지는 권총을 쥔 진다이의 엄지손가락을 깨물었다. 사냥개를 문 족제비처럼 온 힘을 다해 물고 늘어졌다.

따앙!

두 번째 총소리가 울려 퍼졌다. 배수 터널 벽에서 콘크리트 조각이 튀어 들었다. 손을 물린 진다이는 반동을 감당하지 못하고 권총을 놓쳤다.

"으아아!"

진다이가 미친 듯이 매지의 얼굴을 때렸다. 매지가 비명을 지르며 얼굴을 감쌌다.

손이 자유롭게 된 진다이가 주위를 두리번거렸다. 권총은 어디 있는지 보이지 않았고 돌덩이가 눈에 띄었다. 진다이는 허리에 매달린 소우를 질질 끌며 몇 걸음 걸어가 돌덩이를 집어 들었다. 그러고는 소우를 땅바닥에 눕히고 목을 짓누르며 돌덩이를 번쩍 치켜들었다. 소우는 힘이 빠진 두 손으로 허공을 더듬을 뿐이었다. 숨이 막히자 눈앞이 점점 하얗게 변했다.

따앙!

세 번째 총소리가 울려 퍼졌다.

진다이는 핏방울이 튄 소우의 얼굴을 멍한 눈으로 바라보았다. 자신의 가슴에서 울컥 쏟아져 나온 피였다.

진다이가 뒤를 돌아보았다. 지니가 주저앉은 채 두 손으로 권총을 들고 있었다. 진다이는 둥치 잘린 나무처럼 바닥에 쓰러졌다.

지니가 권총을 떨어뜨렸다.

"나, 나는, 소우가, 죽는 줄 알았어."

쓰러지려는 지니를 소우가 붙잡았다. 둘은 잠시 움직이지 않았다. 서로를 자기 심장에 밀어 넣기라도 할 것처럼 온 힘을 다해 껴안을 뿐이었다.

"일이 엄청나게 커졌구나."

머리 위에서 귀에 익은 목소리가 들렸다. 배수 터널로 내려온 킴이 피투성이가 되어 쓰러져 있는 진다이를 보고 고개를 저었다.

"투는 어디 있어?"

그제야 정신이 든 소우가 투를 향해 달려갔다. 투는 약한 숨을 몰아쉬고 있었다.

"숨을 쉬어. 살아 있어!"

눈이 마주친 순간 킴과 소우는 서로 같은 생각을 하고 있다는 걸 느꼈다. 킴이 고개를 끄덕였다.

"내가 투를 데려왔으니까 책임질게."

머뭇거릴 시간이 없었다. 소우가 작별 인사로 킴의 손을 꽉 쥐자 킴이 말했다.

"혹시 체포돼도 날 만나기 전까지는 아무 말 하지 마. 내가 앞뒤를 맞춰 볼 테니까."

손전등을 든 소우가 여자애들을 어두운 배수 터널 안으로 안내했다.

킴이 투를 일으켜 옮기려 했지만 정신을 잃은 투는 물 풍선처럼 늘어져서 혼자 감당할 수가 없었다. 킴의 옷과 손만 피범벅이 됐을 뿐이었다.

킴은 혼자 도로 위로 올라갔다. 텅 빈 도로 위에는 사람 그림자 하나 보이지 않았다. 궁리 끝에 킴이 전화를 들었다. 여전히 불통인 유선 전화와 달리 휴대전화는 통화망이 열려 있었다. 스파다인 후방에 대기 중이던 버람이 전화를 받았다.

"아버지."

"어디냐?"

"아직 스파다인에 있어요."

전화기에서는 아무 대답도 들리지 않았다. 킴은 아버지가 정말로 화가 났다는 걸 알았지만 다른 방법이 없었다.

"사고가 있었어요. 절 납치하려는 놈을 친구가 총으로 쐈어요."

"뭐?"

좀처럼 놀라지 않는 버람의 목소리가 높아졌다.

"킴, 내가 갈 때까지 아무 말도 하지 마라. 알았지? 내가 지금 당장 가마."

저쪽에서 다가오는 군인들이 보였다. 주택가에 울려 퍼진 권총 소리를 듣고 주위를 수색하는 중이었다.

"거기, 움직이지 마!"

킴을 향해 조명이 쏟아졌다. 군인 두 명이 조심스럽게 다가와 킴에게 무기가 없다는 것을 확인했다.

"두 손 머리에 얹고 일어서!"

킴이 군인에게 속삭였다.

"저는 렌막 시민이에요. 배수 터널 안에 총 맞은 사람이 있어요. 구해 주세요."

킴은 옷걸이에서 미끄러진 옷처럼 힘없이 바닥에 쓰러졌다. 군인들이 당황하여 소리를 질렀다.

"사람이 쓰러졌다. 의무병! 의무병!"

급한 목소리로 무전이 날아갔고 몇 명은 서둘러 배수 터널로 내려갔다. 온몸에 피가 묻은 킴은 진짜 환자라도 된 듯 눈을 뜨지 않았다.

처음 나는 새

"그러니까 진다이가 투를 먼저 쐈다?"

수사관이 소우에게 같은 질문을 또 던졌다.

"예."

"진다이가 너와 싸우다 권총을 떨어뜨리니까 투가 그걸 집어서 진다이를 쐈고?"

"예."

"너는 두 사람이 쓰러지는 걸 보고 겁이 나서 도망을 갔다."

"맞아요."

"맞긴 뭐가 맞아!"

수사관의 목소리가 갑자기 높아졌다.

"그 자리에 킴이 남았잖아. 진다이가 킴을 끌고 가려고 해서 너희가 싸운 거라며? 그런데 킴을 두고 너 혼자 도망가? 싸움이 다 끝났는데?"

소우는 더는 대답하지 않고 입을 다물었다. 사건을 맡은 수사관은 무슨 낌새를 느꼈는지 소우를 계속 다그쳤다. 박쥐가 초음파를 쏘듯, 나비가 자외선을 보듯 수사관은 직관적으로 수상한 냄새를 맡았다. 가려진 비밀이 뿌리는 냄새가 강할수록 수사관들은 피의자를 강하게 압박하고픈 유혹을 느꼈다.

"무슨 꿍꿍이인지 모르겠지만 나중에 후회하지 마라."

수사관이 혀를 차며 취조실을 나갔다.

이틀 전 스파다인에서 체포된 소우는 렌막시티로 이송되어 취조를 받고 있었다. 군대는 진압만 마친 뒤 스파다인에서 철수했고 치안청이 상황을 정리하는 중이었다. 소우가 렌막시티에 도착하자마자 킴이 변호사와 함께 찾아왔다. 소우는 킴이 귀띔한 대로 버텼다.

스파다인으로 가출한 소우를 킴이 찾아왔다가 다압 공방전에 휩쓸렸다. 둘은 투를 따라 배수구로 빠져나왔는데 뒤따라온 진다이와 싸움이 붙었다. 진다이는 죽었고 투는 중환자실에서 치료를 받고 있다. 다른 사람도 있기는 했는데 누군지, 어디로 갔는지는 모르겠다.

이것이 킴이 짠 각본이었다. 그럴듯한 진술이었지만 문제는 이틀이나 지난 뒤 진다이가 죽은 곳에서 3킬로미터나 떨어진 스파다인의 외곽에서 소우가 체포되었다는 점이었다.

소우는 주위를 돌아보았다. 스물네 시간 조명이 꺼지지 않는 취조실은 사방이 하얀 벽이었다. 천장에는 두 대의 카메라가 사각 없이 방 전체를 녹화하고 있었다. 취조실에 들어온 지 몇 시간이 지난 것 같기도 했고 이삼 일이 지난 것 같기도 했다. 며칠 전에 겪은 일인데 다압 공방전이 아득하게 느껴졌다.

문이 다시 열렸다. 소우의 가슴이 덜컥 내려앉았다. 킴의 아버지, 사복을 입은 버람이 취조실로 걸어 들어와 문을 닫았다. 녹화 카메라의 빨간 불이 어느새 꺼져 있었다.

"킴이 모든 걸 말했다."

소우의 눈이 커졌다. 무엇을 얼마만큼 들었는지 묻고 싶었지만 물을 수 없었다.

"넌 묻는 말에 고개만 끄덕이면 된다."

버람이 소우를 내려다보며 말을 이었다.

"두 가지 조건에 동의하면 넌 일상으로 돌아갈 수 있다. 첫째, 넌 즉시 복합 예방 접종을 맞아야 한다."

소우가 눈을 감았다. 복합 예방 접종이 어떤 의미인지는 소우도 잘 알고 있었다. 소우가 대답하기도 전에 버람이 두 번째 조건을 말했다.

"두 번째는 내가 제시하는 조건이다. 두 번 다시 킴 앞에 나타나지 마라. 학교를 옮기고 집도 이사하도록, 너희 부모에게도 말해 두었다."

소우가 고개를 들고 버람을 바라보았다. 버람의 눈빛은 차갑고 흐렸다. 속이 보이지 않는 눈빛, 사람을 밑바닥까지 쥐어짜 본 사람만이 가지는 눈빛이었다. 소우는 버람에게 거짓말을 할 수 없다는 걸 깨달았다.

소우는 다른 대답을 할 수 있을 것 같지 않았다. 복합 예방 접종을 맞으면 아무 일 없었다는 듯 렌막 시민의 삶으로 돌아갈 수 있다. 학교에 다니고, 운동을 하고, 친구들과 놀고, 능력만 된다면 무엇이든 할 수 있는 삶, 누구라도 꿈꾸는 삶이다.

스파다인에 다녀온 지금, 소우는 시민의 삶이 선택된 소수에게만 주어지는 혜택이라는 것을 알고 있었다. 어떤 사람들은 목숨을 걸고 얻으려는 그 혜택을, 소우는 단 하나만 포기하면 다시 누릴 수 있다. 그 하나가 무엇인지 생각하자 소우는 가슴이 찢어지는 것 같았다. 그렇지만 지금은 방법이 없었다.

소우가 고개를 끄덕이자 버람이 눈살을 찌푸렸다.

"난 킴이 무슨 생각을 하는지 정말 모르겠다. 그 자존심 강한 녀석이 밤새 무릎을 꿇었는데 네 녀석은 결정이 참 쉽구나."

킴을 생각하자 소우의 가슴 속에 뭔가가 답답하게 차올랐다. 한숨을 쉰다고 뱉어지는 것이 아니었다.

소우가 취조실에서 풀려나자 명령을 받은 치안원이 다가왔다.

"의료원까지 호송하겠습니다."

대답이라도 하듯 뒤쪽에서 큰 소리가 들렸다.

"아저씨, 잠깐만요!"

킴이 다가오더니 기운차게 소우 어깨를 쳤다.

"너 전과자 안 만들려고 내가 얼마나 고생했는지 아냐?"

절이라도 하고 싶었지만 소우는 일부러 담담하게 말했다.

"네 앞에 나타나지 않겠다고 십 분 전에 약속했어."

"내가 온 거니까 상관없잖아. 이 정도로 끝나서 다행이야."

소우가 일부러 다른 이야기를 꺼냈다.

"투는 어때?"

"수술받고 정신 차렸어. 좋아 죽으려고 하던데?"

"왜?"

"치안청에서 투를 표창하기로 했거든. 목숨 걸고 시민을 구한
영웅이니까."

"사람들이 진짜 그걸 믿어?"

"모두가 행복한 결말인데 뭐. 진다이가 저지른 짓이 워낙 화려
해서 투가 포상 점수를 많이 받게 됐대. 바로 영주권을 딸 수 있을
지도 몰라."

소우가 고개를 끄덕였다. 둘 사이에 잠깐 침묵이 흘렀다.

"우리가 만나는 게 마지막이라니 실감이 안 난다."

킴이 피식 웃었다.

"심각하게 생각하지 마. 우리가 뭐 다압 사람들처럼 사랑한 사이도 아니잖아."

어떻게 대답해도 어색할 게 뻔해서 소우는 말을 돌렸다.

"너한테 빚 많이 졌어."

"갚고 싶냐?"

소우가 고개를 끄덕이자 킴이 말했다.

"이걸로 받은 셈 칠게."

킴은 천천히 오른손을 뻗어 소우의 얼굴을 만졌다. 이마에서 볼로, 턱으로, 잠시 망설이는 듯하더니 입술로 손가락을 가져갔다. 킴은 점자를 읽듯 천천히 손끝으로 입술 크기와 감촉과 모양을 느꼈다. 킴의 손가락은 길고 부드러웠지만 소우는 가슴 한쪽이 아팠다. 소우가 애써 아무렇지 않은 듯 말했다.

"씻은 다음에 만지지."

소우는 며칠 동안 씻지 않아서 땀 냄새가 지독했고 코밑에는 수염이 짙게 나 있었다.

"한 번이면 됐다!"

킴이 주먹으로 소우의 입술을 제법 아프게 때렸다.

소우가 치안원에게 부탁을 했다.

"집에서 샤워만 빨리하고 가면 안 될까요?"

치안원의 대답을 듣지도 않고 킴이 앞장섰다. 집으로 가는 길은 하나도 변하지 않았다. 킴이 한숨을 쉬었다.

"생각나냐? 꼬마 때 서로 집 바래다주느라 열 번도 넘게 왔다 갔다 한 거."

"학교에서 날마다 만나는데 왜 그렇게 헤어지기 힘들었을까?"

킴이 소우의 어깨에 팔을 얹었다.

"그러니까 빨리 네 자리로 돌아와. 복합 예방 접종을 맞으면 네 감정이 뭔지 정확하게 알 수 있을 거야. 생식 욕구라면 잠깐 접어 둬도 괜찮잖아. 나중에 누릴 만한 위치가 되면 얼마든지 누릴 수 있으니까."

"사랑은 그런 게 아니야!"

소우가 단호하게 말하자 킴이 달랬다.

"조금만 참아. 내년이면 우리도 성인이야. 집에서 독립하면 부모님 잔소리 안 들어도 돼. 너도 정상으로 돌아올 거고."

"무슨 뜻이야?"

소우가 쳐다보자 킴이 고개를 끄덕였다.

"넌 내 앞에 나타나지 않기로 약속했으니까 내가 네 앞에 나타날게."

킴은 멋쩍은 듯 휘파람을 불며 앞서 걸었다. 소우의 집이 나오자 킴이 손을 흔들며 돌아섰다.

"나, 간다!"

출근도 하지 않고 기다리던 부모님이 소우를 반겼다.

"왔구나, 몸은 괜찮니?"

"씻고 의료원에 가야 돼요."

치안원은 거실에서 소우를 기다리기로 했다. 뉴스 소리가 거실에 울려 퍼졌다. 소우는 걸음을 멈추고 화면을 바라보았다.

"이번 다압 폭동에서 집계된 사망자는 모두 쉰아홉 명, 부상자는 칠백여 명에 달합니다. 우리 정부는 다압 정부에 피해 보상과 재발 방지 대책을 공식적으로 요구했습니다. 엄격한 영주권 심사와 송출세 삭감이 예상되며 스파다인 재건에 따른 복구 비용은 송출 금액에서 전액 차감될 예정입니다."

다음 뉴스는 진압 현장 영상이었다. 공중에서 여러 대의 무인 카메라로 촬영한 화면은 놀랄 만큼 선명했다. 곳곳에 자욱한 연기가 피어오르는 가운데 무기를 들고 대항하는 자유 지역 사람들과 월등한 화력으로 가차 없이 진압하는 진압군의 교전이 생생하게 방송되었다.

"광신도들 같네요."

"나도 그렇게 생각했는데 저렇게까지 싸우는 데는 뭔가 이유가 있을 거란 생각이 들어요."

소우는 화면 아래쪽에 지나가는 사망자 명단을 확인했다. 기도하듯 두 손을 모았지만 결국 추이의 이름이 보였다. 대반 할아버지와 술미 할머니의 이름도 나왔다. 소우의 눈이 뜨거워졌다.

소우가 계단을 올라가는 동안에도 뉴스 소리가 들렸다.

"치안청은 당분간 스파다인 출입을 전면 통제한다고 밝혔습니다. 렌막시티의 순환 고속 도로에서 스파다인으로 향하는 34번 도로의 진입로에는 검문소가 설치되었고 사전 허가를 받은 차량만 통행이 허가됩니다."

소우는 옷을 벗고 뜨거운 물줄기 속에 섰다. 고개를 숙이자 가슴에 매달린 목걸이가 보였다. 소우는 작은 새를 손가락으로 집어 들었다.

'행운을 가져다줄 거예요.'

추이의 목소리가 귓가에 울렸다.

좀처럼 소우가 내려오지 않자 짜증이 난 치안원이 문을 두드렸다. 방문은 잠겨 있었다. 깜짝 놀란 소우의 어머니가 열쇠를 가져와 문을 열었다.

방은 텅 비어 있었다. 활짝 열린 창문 위에 반쯤 말린 차광막이 바람에 흔들리며 달그락거렸다.

"우리 초경량 비행기는 단독 비행 면허가 있어야 대여가 가능합니다."

"목숨을 건다면야 사륜 오토바이로 누보 평원을 달릴 수 있겠죠. 그런데 연료는 어디서 넣을 건데요?"

여기저기 찾아다녔지만 스파다인으로 가는 방법은 결국 찾지 못했다.

"정말 여기서 내리실 겁니까?"

택시 기사가 소우를 내려 주고는 고개를 갸웃거리며 떠났다. 순환 고속 도로에서 스파다인으로 연결되는 분기점을 1킬로미터쯤 앞둔 지점이었다. 소우가 멈춰 선 언덕에서는 농업 지구를 관통하는 34번 도로가 멀리까지 보였다.

도로 가운데를 막은 검문소 옆에는 순찰 차량과 치안원들이 개미처럼 몰려 있었다. 검문소를 우회할 수 있는 길은 어디에도 보이지 않았다. 힘이 빠진 소우가 갓길에 주저앉았다.

때마침 지나가던 승합차가 짧은 타이어 자국을 남기며 멈췄다. 정지한 승합차에서 한 남자가 달려왔다.

"무슨 일입니까? 도와 드릴까요?"

바짝 마른 대머리 남자의 손목에 기능 복무원 인식표가 보였다. 소우는 재빨리 생각했다.

'얻어 탈 수 있을까?'

방향을 보니 스파다인으로 가는 차가 분명했다.

"스파다인에 가야 하는데 차가 없어요."

"통행 허가는 받았나요?"

소우가 고개를 저었다. 남자가 소우를 살펴보더니 가슴을 향해 손을 내밀었다. 손등이 좁고 손가락이 긴 손이었다. 소우가 흠칫 뒤로 물러났지만 남자는 거침없이 소우의 목걸이를 만졌다.

"예쁜 목걸이네요. 누가 작은 새를 선물로 줬을까요?"

남자의 눈빛은 진지했다. 소우가 얼떨결에 대답했다.

"추이가 줬어요."

"내가 아는 사람이군요."

남자가 자신의 옷깃을 살짝 열어 보였다. 뼛조각으로 만든 작은 새가 보였다. 대머리 남자가 소우를 데리고 승합차로 갔다.

"내 이름은 다다예요. 우리는 모두 작은 새를 좋아하는 사람들이에요."

소우가 조심스레 물었다.

"피닉스?"

차 안에 타고 있던 사람들이 즐겁게 웃었다. 웃음소리를 듣자 소우도 긴장이 누그러졌다. 다다 일행은 호스피스였다. 소우는 추이 역시 호스피스였다는 걸 처음 알았다.

"다압 공방전 이후 스파다인 의료원이 마비 상태예요. 외상자도 많지만 쇼크에 빠지는 노인들이 갑자기 늘어나서 우리가 급파됐어요. 선발이어서 내가 특별히 피닉스 대원들로 팀을 꾸렸어요. 우리는 서로 운이 좋군요."

소우가 부탁했다.

"저도 꼭 스파다인에 가야 해요. 숨어서 도움을 기다리는 사람들이 있어요."

다다가 고개를 끄덕였다.

"추이가 목걸이를 넘긴 걸 보니 당신한테 뭔가 기대하는 게 있는 것 같네요. 그래요, 같이 스파다인으로 가요. 앞으로 할 일이 많아요."

사람들이 뭔가를 의논하더니 한 사람이 승합차에서 내렸다. 다다가 내린 사람에게 말했다.

"우리 쪽 자동차를 불렀으니까 곧 올 거예요. 그 차를 타고 복귀하도록 해요."

다다는 내린 사람에게 인식표를 받아 소우의 손목에 채워 주었다. 내린 사람에게는 모조 인식표를 내주었다.

승합차가 출발했다. 소우는 조수석에 앉아 창밖을 바라보았다. 지평선까지 이어진 텅 빈 도로 위에 붉은 태양이 이글거리며 내려앉았다. 창밖은 온통 붉은색이었다. 목축 지대의 사료 작물들도 푸른 색깔을 잃고 노을에 붉게 물들어 있었다.

승합차가 검문소에 다다랐다. 치안원들이 승합차를 세우고 허가증과 승차 인원을 비교했다. 인식표 검사도 문제없었다. 치안원이 차 안을 훑어보다가 소우와 눈이 마주쳤다. 소우가 미소를 지으며 치안원을 바라보았다.

대반 할아버지가 알려 준 별장은 황무지의 큰 바위 밑에 있는 깊숙한 구덩이로 두 노인이 가끔 캠핑을 하던 곳이었다. 민병대의 습격으로 길이 막히지 않았다면 그곳에서 치안청의 일제 단속을 피할 수도 있었을 터였다.

별장에는 대반 할아버지와 술미 할머니가 쓰던 캠핑 용품이 있었다. 접이식 침대와 얇은 담요 몇 장, 건조 식량과 물 몇 병이었는데 양이 많지는 않았다. 소우가 모두를 위해 식량을 구하러 나왔다가 돌아오지 않은 지 벌써 닷새가 지났다.

아기까지 합해 사람이 넷이라 서로 눈치를 보며 아꼈지만 먹을 것이 금방 떨어졌다. 아기를 굶기지 않으려고 어제부터 세 사람은 꼬박 먹지도 마시지도 못했다. 참다못한 매지가 새 친구와 함께 먹을거리를 구하러 어둠을 틈타 스파다인으로 갔다. 체포당할 위험이 있었지만 굶어 죽는 것보다는 낫다는 말에 지니는 끝까지 둘을 붙잡을 수 없었다.

지니는 별장에 아기와 함께 남았다. 열흘 가까이 물이 닿지 않은 아기는 작은 짐승처럼 냄새가 났다. 아기가 똥오줌을 쌀 때마다 담요를 찢어 기저귀를 대신했기 때문에 지금 지니가 덮을 수 있는 담요는 한 장뿐이었다. 얇고 작은 담요라 온몸을 꼭 감싸도 자꾸 몸이 떨렸다.

지니는 매지의 모습을 기억했다. 진다이에게 맞아 휘어진 코, 헝클어진 머리칼, 붉은 흙먼지로 범벅이 된 옷과 신발. 그런 매지를 누군가 본다면 당장 신고를 할 게 분명했다. 둘이 나갔으니 들킬 확률도 두 배였다.

지니는 별장에서 나와 스파다인을 바라보았다. 황무지에서 바라보는 불빛은 따뜻했다. 지니는 망설였다. 지금이라도 별장을 떠

나는 게 나을까? 시간이 갈수록 떠날 힘조차 없어질 것이다. 지니
는 결국 마음을 정했다.

'배수 터널로 가야겠어.'

배수 터널은 크고 곁길이 많아 숨기 쉬웠다. 주택가 잔디밭의 스
프링클러에서 몰래 목을 축일 수도 있을 것이다. 친구들이 무사히
돌아온다면 나중에 데리러 오면 된다. 계속 별장에 머무는 것은 위
험했다.

배수 터널로 가기로 결정한 뒤 지니는 아기를 안기 전에 조심스
레 손을 들어 냄새를 맡아 보았다.

손에서 여전히 화약 냄새가 나는 것 같았다. 희미하게 피 냄새가
나는 것 같기도 했다. 배수 터널 바닥에 쓰러져 있던 진다이가 떠
올랐다. 슈퍼 요트 아르카디아를 이끌고 다압과 렌막을 자유롭게
오가던 사람, 모르는 것이 없고 망설이는 법도 없던 진다이가 진짜
죽었다고 믿어지지 않았다. 분명 어딘가에 살아 있을 것 같았다.
지니는 렌막 정부보다 진다이가 더 무서웠다. 정부와 달리 진다이
는 음지와 양지 양쪽에서 힘을 쓸 수 있으니까.

생각할수록 다리에 힘이 풀렸다. 굶주림과 갈증보다 심한 건 몇
분 뒤를 확신할 수 없는 불안감이었다. 생각하면 할수록 온몸을 죄
어 오는 압박감이었다.

소우가 생각났다.

'보고 싶어!'

불안하고 무서울수록 소우가 더 보고 싶었다. 목소리를 듣고 얼굴을 만지고 싶었다. 먹을 것을 구하러 떠날 때는 그것이 마지막인 줄 몰랐다. 마지막인 줄 알았다면 한마디라도 더 할 걸 그랬다.

마지막 남은 물 반 병과 건조 식량 부스러기를 챙기던 지니가 갑자기 몸을 숙였다. 스파다인 불빛에 사람 그림자가 비쳐 보였다. 뭔가를 찾는 듯 도로 주위를 살피는 사람을 보자 지니는 심장이 멈추는 것 같았다. 황무지를 향해 손전등이 켜졌다. 붉은 흙과 잔돌이 섞인 땅 표면을 훑듯이 살피며 불빛이 다가오고 있었다.

손전등은 발자국을 찾았고 그 발자국을 따라 별장이 있는 바위를 확인했다. 손전등이 꺼지고 그림자가 소리 없이 다가오기 시작했다. 지니는 순간적으로 접이식 침대 위의 아기를 쳐다보았다.

'어떡하지?'

그늘도 없는 황무지로 도망친다면 아기는 더 버틸 수가 없다. 지니는 아기를 위해 혼자 도망치기로 했다. 더는 아기를 돌봐 줄 수 없었다.

'미안해, 아기야. 다미 아빠, 미안해요.'

지니는 뒷걸음질을 치다가 돌아서서 달리기 시작했다.

발목까지 푹푹 잠기는 붉은 흙 위를 지니는 달리고 또 달렸다. 숨이 턱밑까지 차오르고 심장이 터질 것 같아도 지니는 멈추지 않았다. 지쳐서 더 달리지 못하게 되자 숨을 헐떡이며 걸었다. 황무지의 어둠 속으로 숨어들고 싶었지만 완벽한 어둠은 좀처럼 가까

워지지 않았다. 등 뒤 스파다인의 불빛이 지니를 계속 따라오는 것
같았다.

지니는 발밑에 파인 구덩이를 보지 못하고 넘어졌다. 땅바닥에
나뒹굴자 흙먼지가 와락 얼굴을 덮으며 코와 입으로 들어갔다. 앞
이 캄캄해졌고 기침이 정신없이 터져 나왔다.

"지니? 거기 지니야?"

들키지 않으려고 낮춘 목소리가 밤공기를 타고 지니를 따라왔
다. 목소리를 알아들은 지니가 벌떡 일어서서 큰 소리로 외쳤다.

"나, 여기 있어! 여기야!"

발소리가 점점 가까워지더니 누군가 지니를 와락 안았다. 앞이
안 보여도 느낌만으로 누구인지 알 수 있었다. 소우의 목소리가 귓
가에 속삭였다.

"내가 꼭 돌아온다고 했지?"

터져 나온 눈물이 지니의 눈을 아프게 했던 흙먼지를 씻어 주었
다. 붉은 눈물이 볼 위를 흘렀다. 앞이 보이게 된 지니가 소우의 얼
굴을 몇 번이나 만져 보았다.

"가자!"

지니와 소우는 별장으로 돌아갔다. 지니는 아기를 안아들고 소
우를 따라 승합차로 갔다. 기다리고 있던 사람들이 지니와 아기를
환영했다. 지니는 물 한 병을 다 마시고 현기증이 나서 쓰러져 버
렸다. 잠이 깨 칭얼대다가 환자용 유동식을 배부르게 먹은 아기도

따뜻한 차 안에서 기분 좋게 잠이 들었다.

다다가 호스피스 숙소로 셋을 데려가려 했지만 겨우 정신을 차린 지니가 고개를 저었다.

"별장으로 친구들이 돌아올 거예요. 친구들을 기다려야 해요."

다다는 궁리 끝에 별장으로 가는 길목을 감시할 수 있게 지니와 소우를 도로에서 조금 떨어진 건축 폐기물 야적장에 내려 주었다. 차에서 빵과 물병, 새 여행용 담요도 꺼내 주었다.

"아기는 일단 우리가 데려갈게요. 세 시간 뒤에는 해가 뜰 거예요. 그 전에 다시 올게요."

승합차가 사라지고 둘만 남았다. 지니와 소우는 어깨를 기대고 앉아 황무지를 바라보았다.

"춥지?"

소우가 한쪽 팔로 어깨를 감싸자 지니가 물었다.

"왜 또 왔어? 잡히면 어쩌려고?"

"소원이 생겼거든."

소우가 담요를 땅바닥에 펼쳤다. 둘은 담요에 등을 대고 누워 하늘을 바라보았다. 금방이라도 우수수 떨어질 것처럼 별들이 반짝였지만 유성은 좀처럼 떨어지지 않았다. 그래도 좋았다. 오늘 밤은 둘 다 다른 소원이 없었다.

지니가 팔을 뻗더니 소우에게 팔베개를 해 줬다. 소우가 숨을 길게 내쉬었다.

'그래, 이거야!'

지니의 냄새가 나고 지니의 머리칼이 이마를 간질이고 숨을 쉴 때마다 지니의 가슴이 눈앞에서 오르내렸지만 소우의 몸과 마음은 깊은 강처럼 잔잔했다. 소우가 소리 없이 웃었다.

'참 먼 길을 왔어.'

팔이 저린지 지니가 꿈틀거렸다. 이번에는 소우가 지니에게 팔베개를 해 줬다. 한참 별을 바라보다가 소우가 속삭였다.

"지니야, 할 말이 있는데……."

"내일 하면 안 돼? 나 졸려."

급할 건 없었다. 소우가 조용히 팔을 빼고 담요로 지니를 덮어 주었다. 지니가 마음 놓고 잠이 들자 소우는 밤하늘을 바라보았다. 시간이 흐르자 황무지를 짓누르던 어둠이 옅어지며 동쪽 하늘이 깊은 바다색으로 변했다. 별들은 어느새 사라지고 하늘에는 늦게 뜬 그믐달만 하얗게 남아 있었다. 소우가 지니의 등에 바짝 붙어 눈을 감았다. 지니의 냄새가 났다. 잠을 부르는 냄새였다.

먼저 눈을 뜬 건 지니였다. 밤에는 잘 보이지 않았는데 이제 보니 야적장에는 다압 공방전으로 발생한 건축 폐기물들이 가득했다. 불타고 부서진 건물에서 뜯어낸 목재와 벽돌, 유리 조각과 금속 창틀, 와륵이 분리되지 않고 한곳에 쌓여 있었다.

황무지에서 불어오는 새벽바람이 서늘했다. 땅에 펼쳐 놓은 담요 위에서 소우가 왕새우처럼 몸을 구부리고 자고 있었다.

어디선가 날아온 초록 앵무새들이 건축 폐기물에 매달려 장난을 쳤다. 궁금증 많은 앵무새들은 지니와 소우를 그냥 지나치지 않았다. 앵무새 한 마리가 지니의 신발을 콕콕 쪼았다. 지니가 자는 척하자 용기를 얻은 새들이 지니 몸 위로 하나둘 걸어 올라왔다. 지니는 앵무새가 어쩌나 보려고 온몸을 꼬집는 발톱을 꾹 참았다. 그렇지만 소우의 잠을 깨우는 건 두고 볼 수가 없었다. 소우 위로 앵무새가 건너가려 하자 지니는 팔을 슬쩍 내저었다. 앵무새들이 요란스레 날아올랐다. 잠이 덜 깬 소우가 서늘한 날개바람을 피해 꾸물꾸물 지니 쪽으로 다가왔다. 지니는 소우의 어깨를 살며시 안아 주었다. 앵무새들은 휘어진 철근 위에 줄줄이 앉아 고개를 갸웃거리며 두 사람을 지켜보았다.

해가 뜨려는지 동쪽 지평선이 터질 듯 붉어졌다. 끝없이 펼쳐진 황무지를 순식간에 건너온 첫 햇살이 두 사람을 비췄다. 멀리서 승합차가 다가오는 소리가 들렸다. 지니가 속삭였다.

"아침이야."

소우가 힘겹게 눈을 떴다.

두 사람이 일어서자 화들짝 놀란 앵무새들이 하늘로 날아올랐다. 앵무새들은 지평선 위로 이마를 내민 태양을 향해 힘차게 날갯짓을 했다. 앵무새들이 떨어뜨린 솜털이 민들레 씨앗처럼 하늘하늘 바람을 타고 날아갔다.

한껏 기지개를 켜는 소우에게 지니가 물었다.

"그런데 할 말이 뭐야?"

창비청소년문학 76

해방자들

초판 1쇄 발행 • 2016년 12월 16일
초판 8쇄 발행 • 2021년 11월 5일

지은이 • 김남중
펴낸이 • 강일우
책임편집 • 김영선 최은영
조판 • 신혜원
펴낸곳 • (주)창비
등록 • 1986년 8월 5일 제85호
주소 • 10881 경기도 파주시 회동길 184
전화 • 031-955-3333
팩시밀리 • 영업 031-955-3399 편집 031-955-3400
홈페이지 • www.changbi.com
전자우편 • ya@changbi.com

ⓒ 김남중 2016
ISBN 978-89-364-5676-4 43810